AF336607

CHAQUE PIÈCE, 20 CENTIMES.
133ᵉ ET 134ᵉ LIVRAISONS.

THÉATRE CONTEMPORAIN ILLUSTRÉ

MICHEL LÉVY FRÈRES, ÉDITEURS,
RUE VIVIENNE, 2 BIS.

L'HONNEUR DE LA MAISON

DRAME EN CINQ ACTES

PAR

MM. LÉON BATTU ET MAURICE DESVIGNES

REPRÉSENTÉ POUR LA PREMIÈRE FOIS, À PARIS, SUR LE THÉATRE DE LA PORTE-SAINT-MARTIN, LE 6 JUILLET 1853.

DISTRIBUTION DE LA PIÈCE.

MAURICE DE CHENNEVIÈRES. . . . . MM. Bignon.	DE LAROCHE. . . . . Valaire.
GEORGES DE MAUBREUIL. . . . . H. Luguet.	DEUX DOMESTIQUES. . . . . { Henri. / Lespinasse.
PAUL DE CHENNEVIÈRES. . . . . A. Baron.	
EDMOND ROGER. . . . . { Prupin. / Bousquet.	ÉLISE DE CHENNEVIÈRES. . . . . Mᵐᵉ Lucie Mabire.
BEAUSÉANT. . . . . Valnay.	LA BARONNE D'ORIGNY. . . . . Delphine Baron.
LORD DERBY. . . . . Dorville.	MATHILDE DE CHENNEVIÈRES. . . . . . . Auguste Ulric.

ACTE I.

CHEZ MAURICE.

Un boudoir. — Porte au fond, portes latérales. — Au deuxième plan, à droite, une fenêtre ; un guéridon au milieu ; fauteuils, etc.

SCÈNE I.

MAURICE, ÉLISE, MATHILDE.

(*Ils sont autour du guéridon, en train de déjeuner.*)

ÉLISE.

C'est une si bonne femme que la baronne !...

MAURICE.

Madame d'Origny?... c'est une folle, pas autre chose.

ÉLISE.

C'est une folle qui nous aime, Maurice... et les amis sont rares.

MATHILDE.

Moi, je l'adore parce qu'elle est toujours en train de rire... et je ne suis jamais plus contente que quand tu me permets d'aller la voir, ma mère... Avant-hier, je ne suis restée chez elle qu'une demi-heure, mais je m'y suis joliment amusée. D'abord, j'ai trouvé là M. Edmond Roger qu'elle consultait sur son procès, et, dès qu'il m'a vue entrer, il s'est mis à balbutier si drôlement que la conférence s'est terminée par des éclats de rire... Alors la baronne a donné carrière à son aversion pour les vêtements noirs... Il faut tout dire, ça ne lui va pas bien... Mais la voilà heureuse ; son deuil est fini. Aussi comme on va s'amuser chez elle... à commencer par son bal de ce soir...

MAURICE.

Le fait est, pauvre enfant, que tu dois te distraire là plus que chez nous.

MATHILDE.

Oh ! père, peux-tu dire ça !

ÉLISE.

Nous ne sommes, ton père ni moi, d'un caractère bien gai, et tu n'es pas accoutumée à voir autour de toi, des visages trop riants...

MATHILDE.

Je vois des visages que j'aime et qui me plaisent tels qu'ils sont... Et puis on a annoncé le colonel de... Allons, bon ! j'ai oublié son nom... mais tu le connais peut-être, maman ; la baronne l'appelle *mon cousin.*

ÉLISE.

Un cousin de son mari, sans doute...

MATHILDE.

C'est possible ! Je l'ai vu peu de temps, mais je déclare qu'il a assez bien employé les minutes pour soutenir vaillamment la réputation de galanterie de l'armée française...

MAURICE.

Et comment donc ?

MATHILDE.

Par des petits compliments à mon adresse, fort bien tournés, ma foi ! qui m'embarrassaient bien un peu, mais qui me faisaient le plus grand plaisir...

MAURICE.

Coquette !

MATHILDE.

Oh ! pas du tout !... Tu sais bien que non, mon père ; mais si ça m'amusait, c'était à cause de M. Edmond, qui se démenait comme un possédé, sans rien dire et d'un air furieux. Ah ! si ses yeux avaient été des pistolets, le pauvre colonel serait bien malade !

MAURICE.

Ce cher Edmond ! tu le tourmentes toujours... c'est pourtant un brave et digne jeune homme.

MATHILDE.

Il est charmant... mais trop timide... Je crois qu'il réserve toute son éloquence pour ses plaidoyers...

MAURICE.

Moqueuse !... Il n'est timide qu'auprès de toi, et j'en sais bien la raison...

MATHILDE.

Ah ! dis-la moi donc, père ?

MAURICE.

Oh ! tu la sais aussi bien que moi !

MATHILDE.

Non, je t'assure...

MAURICE.

Tu n'as pas deviné qu'orphelin de bonne heure, et croyant devoir à mon appui une partie des succès qu'il a véritablement obtenus à force d'ardeur et de travail, Edmond Roger, qui n'a pour toute fortune que son talent et sa naissante réputation, hésite à s'avouer à lui-même que la fille riche et enviée de son bienfaiteur est celle qu'il aime...

(Entrent deux valets).

MATHILDE.

Mais, père, il m'aime comme il t'aime, comme il aime ma mère, comme il aime toute la famille, à titre d'ami de mon frère.

MAURICE, *rembruni, au valet qui le sert.*

Joseph ! mes journaux ! (*Le valet lui donne des journaux et des lettres.*)

ÉLISE, *se levant.*

Crois-tu vraiment, Mathilde, que l'amitié qu'il porte à toute la famille suffise pour le troubler auprès de toi seulement ?

MATHILDE.

Dame ! maman ; après tout il peut bien y avoir encore autre chose...

ÉLISE.

Et tu n'en serais pas fâchée ?...

MATHILDE.

Non...

ÉLISE.

Tu as raison, ma fille... aime-le... aime-le autant qu'il le mérite... Tu pourras en rencontrer de plus riches, de plus beaux, de plus séduisants, mais tu n'en trouveras pas de meilleurs...

(*Les valets ont desservi. Il n'y a plus sur le guéridon que des lettres et des journaux.*)

MAURICE, *qui lisait, froidement.*

Je lis ici une nouvelle qui vous intéresse toutes deux...

MATHILDE, *surprise.*

Nous ?

ÉLISE, *de même.*

Qui nous intéresse ?... (*Vivement.*) Ah !... il s'agit de...

MAURICE, *très froidement.*

De votre fils, oui, Elise ; écoutez ce que dit le Bulletin. (*Lisant.*) « Dans la dernière expédition contre les Kabyles... »

ÉLISE.

O mon Dieu ! j'ai peur...

MAURICE, *lisant.*

« Le lieutenant Paul de Chennevières... »

ÉLISE, *tremblante.*

Blessé... mort, peut-être !...

MAURICE.

Rassurez-vous, madame et écoutez...

MATHILDE, *allant s'appuyer sur l'épaule de Maurice.*

Vite, donc, mon père... que dit-on de Paul ?

MAURICE, *lisant,*

« Dans la dernière expédition contre les Kabyles, le lieute- « nant Paul de Chennevières s'est glorieusement signalé, et, par « son courage, a mérité et obtenu la croix de chevalier de la « Légion-d'Honneur. »

MATHILDE, *se jetant au cou d'Elise.*

Oh ! ma mère ! ma mère ! quel bonheur !...

ÉLISE.

Décoré !... à vingt ans ! (*Elle prend le journal et lit avidement.*)

MAURICE, *à part,*

Allons ! il sait du moins honorer le nom qu'il porte !

MATHILDE,

Eh bien ! père, tu n'es pas plus ému que ça ? Comment tu ne pleures pas de joie ?... Ça ne vous fait pas battre le cœur, monsieur, de penser que ce héros, c'est votre fils ? (*Geste de colère de Maurice. — Mathilde lui met la main sur le cœur.*) Ah ! si... il bat bien fort... Je savais bien que tu devais être fier de lui !... Cher frère ! que je voudrais l'embrasser ! Et lui, doit-il être heureux là-bas ! Je suis sûre qu'il ne pense qu'à nous, qu'il brûle d'être ici pour mêler sa joie à la nôtre. (*Regardant la suscription d'une lettre.*) Eh mais ! je ne me trompe pas... (*Elle en prend une.*) Mon père, regarde...

MAURICE.

Quoi donc ?

MATHILDE.

Est-ce que tu ne reconnais pas l'écriture de ton fils ?

ÉLISE.

Une lettre de Paul ?

MATHILDE, *décachetant la lettre.*

Oui, mère... il nous donne des détails sans doute... Ces journaux ne disent rien... (*Lisant.*) Non... lui non plus... Oh ! mais mieux que ça, ma mère... il revient !

ÉLISE, *avec joie.*

Il revient !...

MAURICE, *à part, avec colère.*

Il revient !

ÉLISE.

Quand cela ?... quand embrasserai-je mon enfant ?

MATHILDE.

Demain... N'est-ce pas, maman, c'est bien aujourd'hui le 15 ? Eh bien ! il dit : « Si je calcule bien, si rien ne me retarde, « j'arriverai en même temps que ma lettre, et le 16 avril pro- « chain, je vous serrerai tous sur mon cœur. Je dis tous, car « j'espère bien n'être pas poursuivi cette fois encore par cette « mauvaise étoile qui me fait toujours arriver chez nous quand « mon père en est absent, et qui depuis quinze ans bientôt m'a « privé du bonheur de l'embrasser. » Ah ! ça, le fait est, papa, que vous jouiez de malheur tous les deux. Mais enfin, c'est demain, c'est demain qu'arrive mon frère !...

MAURICE, *à part.*

Je partirai ce soir ! (*Il se lève.*)

ÉLISE.

Merci, mon Dieu ! merci, de me le ramener sain et sauf !... (*Elle prend et lit la lettre.*)

MATHILDE, *à Maurice, qui prend les autres lettres.*

Tu nous quittes déjà ?

MAURICE.

Oui, mon enfant... J'ai ces lettres à lire... puis différentes affaires... (*L'embrassant tendrement.*) Adieu, Mathilde, ma fille, mon enfant, adieu !...

MATHILDE, *l'enlaçant dans ses bras.*

Adieu, mon père... Demain, ce sera ton fils que tu embrasseras comme ça !

MAURICE, *brusquement.*

Adieu. (*Il sort par la droite. Mathilde reste pensive.*)

SCÈNE II.

MATHILDE, ÉLISE.

ÉLISE, *le journal à la main.*

Demain !... Eh bien ! Mathilde, qu'as-tu donc ?

MATHILDE, *sortant de sa rêverie.*

Moi, maman, rien du tout... mais c'est toi qui n'es pas gaie comme je te voudrais...

ÉLISE.

Oh ! si, va, je suis heureuse !

MATHILDE.

Il y a si longtemps que nous ne l'avons vu !

ÉLISE.

Deux ans, presque !

MATHILDE.

Oh ! que c'est bien à lui d'avoir demandé un congé !... Non... je te dis que tu as quelque chose... je le vois bien...

ÉLISE.

Encore un long jour à attendre !

MATHILDE.

Dis moi donc ce qui te chagrine, hein, mère ?

ÉLISE.

Ton père n'a pas l'air d'aimer Paul.

MATHILDE, *à part.*

C'est vrai ! (*Haut.*) Qui peut te faire penser cela ?

ÉLISE.

Te parle-t-il de lui quelquefois, car toi seule as le pouvoir de le tirer de sa sombre mélancolie, de le faire-causer, de le rasséréner... Sans toi, ma pauvre enfant, la maison serait bien triste !

MATHILDE.

Mais certainement, ma mère ; il m'en parle souvent, il l'aime autant que moi... et tu te trompes tout-à-fait... Comme tu le dis, mon père est grave presque toujours et parle peu, si ce n'est quand ma gaieté parvient à le distraire... mais sa froideur est générale et ne s'adresse pas à Paul plus qu'à nous autres, je t'assure.

ÉLISE.

Ce que tu dis là me fait du bien, chère Mathilde ! Dieu veuille que ce soit la vérité !

MATHILDE.

Mais je dis vrai, c'est bien sûr ! Que pourrait-il reprocher à mon frère ? n'est-ce pas le plus brave, le meilleur sujet qu'on puisse voir ? n'est-ce pas le fils le plus respectueux, le plus dévoué ?... Depuis son enfance, mon père ne l'a pas vu ; c'est une raison bien suffisante pour qu'il l'ait moins présent à l'esprit que nous deux qui sommes toujours là... Mais Paul n'est qu'endormi dans le cœur de mon père... et il s'y réveillera dès qu'ils s'apercevront.

ÉLISE.

Ah ! que tu me fais de plaisir, Mathilde !... Combien tu me rassures !... Je vais comme tous les jours passer une heure ou deux dans la chambre de mon fils. Là, je m'assieds devant son portrait, et il me semble que c'est lui, que je cause avec lui... que je l'embrasse !... Ah ! tiens, je me crois folle quand je pense que demain, demain, ce vain rêve sera une réalité. Il sera là lui-même, non plus son image, non... lui... lui ! (*Elle sort par la gauche.*)

SCÈNE III.

MATHILDE, *seule.*

Pauvre mère ! Elle a raison... non seulement mon père ne parle jamais de Paul, mais encore lorsque, moi, j'en parle, il a l'air de souffrir. Encore une fois, je ne sais ce qu'il peut lui reprocher... mais on dirait vraiment qu'il lui reproche quelque chose... Oh ! il y a là un mystère que je découvrirai... La présence de Paul m'y aidera sans doute... Demain... c'est éternel, deux ans d'absence, le dernier jour surtout. (*Paul est entré par le fond, pendant les paroles précédentes. Il a la main sur le cœur. — Elle se trouve tout-à-coup face à face avec lui et pousse un petit cri.*) Ah ! monsieur ! (*Le reconnaissant.*) Paul ! c'est Paul ! Paul !... Paul !... (*Ils se jettent dans les bras l'un de l'autre et s'embrassent longuement en silence.*)

SCÈNE IV.

MATHILDE, PAUL.

PAUL, *après un long temps.*

Ma petite sœur !... ma chère Mathilde ! comme tu es devenue belle !

MATHILDE.

Mais c'est toi qui es beau !... ces moustaches te vont à ravir, sais-tu ? Te voilà un homme tout-à-fait. Il faut que je t'embrasse encore.

PAUL, *après l'avoir embrassée.*

Toi, te voilà une femme, et une superbe femme ! Comme je vais être fier de me promener avec toi dans Paris !

MATHILDE.

Et moi donc, monsieur l'officier, au bras d'un chevalier de la Légion-d'Honneur !

PAUL.

Ah ! vous savez déjà...

MATHILDE.

Oui, c'est ce vilain journal qui nous prive du plaisir d'apprendre tout ça de toi-même. (*Le regardant.*) Eh bien ! tu ne portes donc pas ta croix ?

PAUL.

J'en attends le brevet.

MATHILDE.

Oh ! mais je n'en reviens pas... Je ne crois pas encore que c'est toi... nous ne t'espérions que pour demain.

PAUL.

Et moi, j'avais trop bonne envie d'arriver pour flâner en route... Où est notre mère ?

MATHILDE.

Dans ta chambre, à compter les minutes...

PAUL.

Courons y donc.

MATHILDE.

Pauvre mère ! Va-t-elle être étonnée !... Et notre père !

PAUL.

Il est donc ici ?

MATHILDE.

Mais oui...

PAUL, *avec joie.*

Ah ! je vais le connaître enfin !... Mais ma mère, ma mère d'abord.

MATHILDE.

Eh bien ! va... (*Elle le conduit vers la porte de gauche par laquelle il sort.*) Pendant ce temps-là je vais prévenir mon père... (*Elle traverse la scène en courant.*) Mon père, si tu savais !...

SCÈNE V.

MAURICE, MATHILDE.

MAURICE, *entrant.*

Ah ! c'est toi, mon enfant... Je venais te faire mes adieux.

MATHILDE.

Tes adieux ! comment !...

MAURICE.

Oui, Mathilde, il faut que je parte aujourd'hui même... Une lettre que je viens de recevoir, m'oblige à une absence de quinze jours au moins.

MATHILDE, *stupéfaite.*

Une lettre !... Tu n'as reçu que celle de mon frère...

MAURICE, *troublé.*

Non, non... pas celle-là... une autre... très-pressante...

MATHILDE.

Voyons, mon père, j'ai mal compris... Partir aujourd'hui quand c'est demain...

MAURICE.

Que Paul arrive... Oui, Mathilde, il le faut... de graves intérêts sont compromis, et je ne puis différer absolument... Tu préviendras ta mère...

MATHILDE.

Oh ! non, ce n'est pas possible, tu ne partiras pas aujourd'hui, mon bon père. Demain, il sera temps encore, et au moins tu l'auras vu, il t'aura embrassé...

MAURICE.

Mathilde, ce que tu me demandes est impossible...

MATHILDE.

Songe donc! ce pauvre Paul! Depuis plus de quinze ans il n'a pas vu son père. Oh! j'étais bien petite, et pourtant je m'en souviens. Quand nous allions le voir à sa pension, maman et moi, tes occupations ne te laissaient pas le loisir de nous accompagner... Et déjà Paul nous disait de sa toute petite voix : — Il va bien, mon papa? pourquoi donc ne vient-il jamais voir son petit Paul? — Et nous lui répondions : — Tu le verras dimanche. — Mais le dimanche arrivait, on laissait sortir Paul, et tes vilaines affaires te tenaient éloigné du samedi au lundi... Plus tard, Paul a sauté du collége à Saint-Cyr... On ne lui a accordé que quinze jours à nous donner. Mais la fatalité ne s'était pas lassée; tu étais parti la veille pour la Touraine. Nous t'avons bien écrit que Paul était ici... La lettre s'est égarée, et tu l'as reçue le jour où Paul était reparti... Au sortir de Saint-Cyr, l'armée le réclamait. Je ne sais plus où tu étais alors, mais je sais bien que tu n'étais pas là pour recevoir ses adieux. Depuis il a eu un congé... Mais pourquoi en dire si long? Depuis l'âge de cinq ans, il n'a pu venir ici jamais qu'en ton absence... Est-ce vrai, mon père, est-ce vrai?

MAURICE.

C'est vrai, Mathilde; le sort l'a voulu ainsi sans doute.

MATHILDE.

Et quand aujourd'hui le sort daigne enfin t'oublier, quand, pour la première fois depuis si longtemps, tu peux revoir ton fils, c'est toi qui ne veux pas, c'est toi qui veux partir! Oh! non, mon père, ce n'est pas possible! n'est-ce pas, tu resteras?

MAURICE.

Mon enfant! ma fille!... aie pitié de moi... Tu ne peux savoir ce que je souffre à te refuser...

MATHILDE.

Ainsi, vous me refusez! Oh! je n'insiste plus, car j'y vois clair...: Qui me dit que Paul se tromperait en pensant cela?

MAURICE.

Comment!...

MATHILDE.

Qui me dit que lorsqu'il vous trouvait absent, le hasard causait votre absence?

MAURICE.

Que dis-tu?...

MATHILDE.

Jusqu'ici j'avais cru que le sort vous servait mal... Que Paul arrivait toujours quand vous deviez partir... Je vois que vous partiez toujours quand il devait arriver... Pourquoi, par exemple? Dieu le sait!

MAURICE.

Tu te trompes, Mathilde, je te le jure...

MATHILDE.

Vous ne fuyez pas la présence de mon frère?

MAURICE.

Mais pourquoi veux-tu que je la fuie?

MATHILDE.

Ce n'est pas son arrivée qui te force à partir?

MAURICE.

Non, sans doute, mon enfant... et je regrette aussi vivement que toi...

MATHILDE.

Bien vrai?...

MAURICE.

Bien vrai!

MATHILDE.

De sorte que si, au lieu d'arriver demain, Paul était venu aujourd'hui, tu aurais été bien aise de passer au moins cette journée avec lui?

MAURICE.

Mais certainement, ma fille!...

MATHILDE.

Oh! mon bon père, que je suis heureuse! Réjouis-toi donc alors, et sois heureux aussi... tu vas le voir, l'embrasser... il est ici...

MAURICE, *à part.*

Il est ici!...

MATHILDE, *ouvrant la porte de gauche.*

Paul, viens donc! viens donc!... Il nous écrivait bien qu'il viendrait aussi vite que sa lettre. (*Paul entre.* — *Lui montrant Maurice.*) Tiens... le voilà... c'est lui... (*Elle le pousse vers Maurice.*)

MATHILDE, PAUL, MAURICE.

PAUL.

Mon père! (*Il hésite en voyant que Maurice ne s'est pas retourné.*)

MATHILDE.

Cours donc l'embrasser!

PAUL, *avec effusion, prenant la main que lui présente Maurice pour éviter d'être embrassé.*

Je puis donc enfin presser votre main, vous voir, vous entendre, mon père!...

MAURICE, *avec une dignité froide.*

Et moi, je vous félicite, car vous avez dignement répondu aux vœux de votre famille... j'ai pris part, croyez-le, à vos derniers succès...

MATHILDE, *à part.*

Quelle froideur!...

MAURICE.

Goutez-en dès aujourd'hui la récompense auprès de votre mère, de votre sœur...

PAUL.

Vous ne dites pas auprès de vous que je ne connaissais que par votre sollicitude...

MAURICE.

Continuez votre carrière comme vous l'avez commencée, et l'appui de votre famille ne vous fera jamais défaut.

PAUL, *avec tristesse et dignité.*

Je vous remercie, mon père ; les paroles que vous venez de m'adresser resteront gravées dans ma mémoire avec le souvenir de vos bontés. (*A part.*) Cet accueil me glace!... ce n'est pas ainsi que je rêvais un père!

MATHILDE, *à Paul, assez haut pour être entendue de Maurice.*

Paul, notre père est vivement tourmenté. Une affaire des plus graves, à ce qu'il paraît, exige qu'il parte aujourd'hui même, juge s'il doit être chagrin d'être forcé de te quitter si tôt... comme tu as été bien inspiré en devançant le jour que tu nous fixais : demain, tu ne l'aurais plus trouvé ici...

PAUL.

Quoi! ce bonheur tant souhaité m'aurait encore échappé! ce m'eût été bien cruel, mon père ; car qui sait maintenant quand je reviendrai parmi vous? de graves événements s'annoncent, dit-on... et pour nous qui avons tout à acquérir, c'est à qui se distinguera sur la brèche!

MAURICE.

Il y a, en effet des jeunes gens qui se préparent sérieusement à bien servir l'État : ceux-là sont l'honneur du pays, l'orgueil de leurs familles... (*Avec effort.*) Et c'est parmi eux qu'on vous comptera, je l'espère!...

PAUL, *avec chaleur.*

Je vous le promets, mon père, car je sais de qui je suis fils!

MAURICE, *passant au milieu.*

Dites cela à votre mère, Paul, elle en sera bien heureuse! (*Il va pour embrasser Mathilde.* — *Elle se détourne.* — *A Paul.*) Adieu. (*Il sort par le fond.*)

PAUL, MATHILDE.

PAUL.

Quel accueil, Mathilde!... est-ce bien là mon père? Oh! ce n'est pas ainsi que mon cœur me le représentait si souvent!

MATHILDE.

Il ne faut pas lui en vouloir, frère... tu l'as vu : il est de même pour moi.

PAUL.

Comment! pour toi aussi!

MATHILDE.

Mais certainement... tu as bien vu qu'il ne m'a pas embrassée non plus, en partant; son caractère est aigri, assombri; mais au fond il est bon, va, il nous aime bien...

PAUL.

Viens, Mathilde, retournons près de notre mère... la froideur avec laquelle mon père vient de me recevoir, me rend plus vif encore le besoin de sa tendresse... (*Il se retourne pour sortir, Edmond paraît au fond.*)

SCÈNE VIII.

PAUL, MATHILDE, EDMOND.

PAUL, *s'écriant.*

Edmond Roger, mon vieil ami !...

EDMOND.

Paul ! (*Ils s'embrassent.*) Ah ! que voilà une journée bien commencée !... J'accourais, apportant à ton père une assez bonne nouvelle ; j'apprends que tu es arrivé, en deux sauts je suis ici et je t'embrasse. (*Apercevant Mathilde, et se troublant.*) Ah !... pardon, mademoiselle... je n'avais pas le bonheur de... mais la joie de serrer la main à Paul.

MATHILDE, *souriant.*

Joie bien naturelle entre deux amis qui ont été si longtemps sans se voir. Ne me voyez-vous pas presque tous les jours, moi ?

EDMOND.

Ceux que je passe sans venir sont les seuls que je compte, mademoiselle.

PAUL, *riant, à Mathilde.*

Ah ! c'est gracieux, ce qu'il te dit là... Toujours galant, Edmond. Je vois que tu n'as pas changé.

EDMOND, *le regardant.*

C'est à toi, mon cher, qu'il faut parler de changement. Sais-tu que tu n'es plus le même ! Tes traits ont pris du caractère, de l'énergie...

PAUL, *gaîment.*

Et j'ai la prétention d'avoir fait comme mes traits.

EDMOND.

Alors tu es un véritable officier, au physique et au moral ; je t'en félicite sincèrement. C'est très-beau, sais-tu bien, d'être parvenu où te voilà, à vingt-un ans à peine ! Combien ta bonne mère a dû être heureuse !

PAUL.

Tiens ! tu es arrivé comme je retournais près d'elle. Entre amis on ne se gêne pas : attends-moi seulement quelques minutes, et je suis à toi... nous causerons... Du reste, Mathilde va te faire compagnie : n'est-ce pas, sœur ? (*Il sort en courant.*)

SCÈNE IX.

EDMOND, MATHILDE.

MATHILDE, *à part.*

Il n'attend pas que je dise oui... (*Haut.*) Monsieur Edmond, cette bonne nouvelle que vous apportiez à mon père, le fera rester, n'est-ce pas ?

EDMOND.

Rester ? où cela, mademoiselle ?

MATHILDE.

Vous ne savez donc pas qu'il voulait partir ?

EDMOND.

Non, je suis venu, à la vérité, prévenir monsieur de Chennevières d'un heureux résultat obtenu dans une affaire dont il m'avait chargé ; mais j'ignore quel rapport il peut y avoir entre cette affaire et ce projet de départ.

MATHILDE.

Allons... je me suis trompée.. j'avais espéré trouver dans vos paroles la raison et la fin des graves préoccupations de mon père.

EDMOND.

Préoccupations que je ne puis comprendre moi-même, mais dont pourtant il ne faut pas vous inquiéter outre mesure. Depuis quinze ans, vous le savez, mademoiselle, la maison de votre père m'est ouverte.

MATHILDE.

Depuis quinze ans !

EDMOND.

Oui, c'était à l'époque où la mort de mon père, ancien ami d'enfance de monsieur de Chennevières, me laissa orphelin, sans autre ressource qu'une éducation dont peut-être je n'eusse trop su que faire, si l'appui moral et matériel que me prêta votre famille...

MATHILDE.

Pourquoi rappeler cela ?

EDMOND.

Et pourquoi le tairais-je ?... mais je voulais vous dire qu'à cette époque déjà, la même tristesse pesait sur vos parents.

MATHILDE.

Est-il possible !...

EDMOND.

Oui, j'étais encore enfant et pourtant cela me frappa. Paul avait quatre ans, vous, deux ans à peine, quand pour la première fois je vis monsieur de Chennevières, il revenait de voyage, et portait dans ses traits l'empreinte d'une longue souffrance morale. Madame votre mère me parut affectée aussi du changement que cette absence avait apporté en lui. Elle s'efforça de le distraire, de dissiper ces sombres nuages ; tous ses efforts furent vains, et bientôt la tristesse la gagna elle-même, mais sans rien diminuer de cette angélique bonté, qui fut pour moi presque maternelle, et qui a tant de fois soutenu ou relevé mon courage.

MATHILDE.

N'est-ce pas là vous exagérer quelques services...

EDMOND.

Non, mademoiselle, et je suis heureux de les proclamer. Dieu merci, la reconnaissance n'est pas lourde à mon cœur ! Ah ! que ne m'est-il aussi facile d'exprimer tous les sentiments que m'inspire la vue de ce qui se passe ici !

MATHILDE.

Que se passe-t-il donc de si extraordinaire ?...

EDMOND.

Croyez-vous donc que sans être saisi d'admiration et pénétré d'un doux et religieux respect, je puisse vous voir chaque jour, vous, si jeune, si belle...

MATHILDE, *avec embarras.*

Monsieur Edmond...

EDMOND.

Partager cette ineffable bonté, ce dévoûment, cette pieuse résignation, entre deux cœurs chagrins, vieillis avant le temps, brisés par je ne sais quel orage !...

MATHILDE.

N'ai-je pas pour récompense leur amour à tous deux ?

EDMOND, *avec passion.*

Mais est-ce donc là l'unique bonheur qui vous soit réservé ?

MATHILDE, *sans dureté.*

Monsieur Edmond, vous ai-je jamais dit qu'il ne me suffit pas ?

EDMOND.

Oh ! pardon, mademoiselle, vous me rappelez à moi-même... Hélas, il est trop vrai ! rien au monde ne serait digne de vous !

MATHILDE, *vivement.*

Je n'ai pas dit cela !

EDMOND, *avec douleur.*

Je le pense, moi !

MATHILDE.

Et vous êtes un ingrat de le penser. Jamais, vous devriez le savoir, Mathilde de Chennevières ne regardera comme indigne d'elle ce que les siens chérissent et honorent. (*Elle fait une révérence et se dirige vers la porte de droite.*)

EDMOND, *à part.*

Qu'entends-je !...

MATHILDE, *souriant.*

Adieu, monsieur. (*Elle sort rapidement.*)

SCÈNE X.

EDMOND seul.

Ah ! mademoiselle, de grâce ! un mot encore !... Elle ne m'écoute plus... ai-je bien compris sa pensée ! mademoiselle de Chennevières ne trouverait pas au-dessous d'elle le pauvre orphelin, le protégé de son père, Edmond Roger, l'avocat ! Est-ce possible !... cette noble et généreuse famille, pourrait devenir la mienne ! Oh ! mon cœur, mon pauvre cœur ne m'abuses-tu pas ?

SCÈNE XI.

EDMOND, PAUL.

PAUL, *s'arrêtant un instant à la porte et regardant Edmond qui marche à grands pas, trahissant son émotion par des gestes.*

Eh bien !... qu'est-ce que tu fais donc-là ? tu plaides ?

EDMOND.

Oui... en effet... je plaidais... une cause qui m'est à cœur... et toi... tu viens de faire une heureuse ?

PAUL.

Ma bonne mère... à peine ai-je pu l'embrasser à mon gré.

EDMOND.

Comment?

PAUL.

J'ai trouvé là, près d'elle la baronne d'Origny.

EDMOND.

Ah !

PAUL.

Et je vais même, à ce qu'il paraît, ce soir, au bal, chez elle, moi qui comptait rester ici en famille !

EDMOND.

Madame d'Origny reçoit une société charmante, mon cher Paul ; tu ne seras pas mécontent de ta soirée. Danses-tu ?

PAUL.

Moi ? jamais !... je laisse ce doux plaisir à ceux qui prétendent enlever une dot à la force de leurs jarrets ; il n'y a plus que ceux-là qui dansent.

EDMOND.

Et quelques autres encore, ou conviens que tu me sers un assez vilain compliment !

PAUL.

C'est pardieu vrai ; tu es un danseur et je l'oubliais... Allons, pour me punir de ce que j'ai dit, je te regarderai, mon cher Edmond... car tu seras là, sans doute... je viens d'apprendre que tu es le conseil et l'avocat de madame la baronne, et par conséquent un de ses invités...

EDMOND.

Je sais en effet qu'elle donne un bal... mais je n'ai pas entendu parler...

PAUL.

C'est donc pour cela que, sachant que tu m'attendais ici, elle m'a chargé de te dire de ne pas quitter l'hôtel avant de l'avoir vue...

EDMOMD.

C'est bien possible... Puis-je me faire annoncer chez ta mère ?

PAUL.

Ce n'est pas la peine, la voici, avec son amie.

SCÈNE XII.

LES MÊMES, ELISE, LA BARONNE.

ÉLISE, *tendant la main à Edmond.*

Madame d'Origny désirait vous parler, monsieur Edmond, et nous avons pensé pouvoir interrompre pour un moment l'entretien de deux amis bien heureux de se revoir...

LA BARONNE,

Eh ! oui, monsieur Edmond, je voulais vous faire des reproches...

EDMOND.

A moi, madame ?

LA BARONNE.

Sans doute, monsieur ; comment, vous me laissez arriver jusqu'au jour de mon bal sans me prévenir que je ne vous ai pas invité !

EDMOND.

Je n'aurais osé...

LA BARONNE.

C'est du dernier désobligeant... je suis on ne peut plus malhonnête, et c'est votre faute, puisque d'un mot vous pouviez m'en empêcher. Je vous vois tous les jours, comment voulez-vous que j'aille penser à vous inviter ; maintenant, il est trop tard, je suis désolée, je n'oserai jamais !

EDMOND.

J'irai donc sans invitation.

LA BARONNE.

Mais j'y compte bien... (*A Paul.*) J'ai votre promesse, monsieur de Chennevlères...

PAUL.

Je n'aurai garde d'y manquer, madame. J'aurai le plaisir d'accompagner ma mère. (*Les deux jeunes gens saluent et sortent.*)

SCÈNE XIII.

ELISE, LA BARONNE.

ÉLISE.

Et comptez-vous sur beaucoup de monde ce soir ?

LA BARONNE.

Oh ! non... personne... d'abord, les anciens amis de ma famille ; vous les connaissez : ils forment généralement le cercle de ma mère. Ce sont eux qui, par leurs instances, m'ont déterminée à rouvrir mon salon ; car vous savez si j'aime le monde... Ah ! Dieu !... moi qui ne peux pas souffrir le bruit, le mouvement...

ÉLISE.

Qui s'en douterait en vous voyant infatigable à la danse...

LA BARONNE, *s'asseyant à droite.*

Il faut bien faire comme tout le monde !... Ensuite j'aurai, je pense, quelques parents de monsieur d'Origny ; ils ne peuvent me blâmer, j'espère de revoir le monde, à mon âge, après un deuil éternel de deux années.

ÉLISE, *assise auprès d'elle.*

En vérité, ils auraient bien mauvaise grâce à le faire !

LA BARONNE.

Et puis j'ai envoyé quelques invitations aux anciens amis du baron. Entre nous, chère amie, j'aurais préféré les oublier ; mais figurez-vous qu'ils m'ont été présentés de nouveaux, il y a quelques jours par un de mes cousins, monsieur de Maubreuil.

ÉLISE, *atterrée.*

Monsieur de Maubreuil !

LA BARONNE, *naturellement.*

Oui... un parent dont je me souvenais à peine, et qui nous est tombé d'Afrique avec les épaulettes de colonel et un congé. Ma mère a tenu à lui offrir l'hospitalité dans notre hôtel... Elle l'a pris en garnison... Eh ! mais, j'y songe, vous avez dû le connaître étant jeune fille...

ÉLISE, *se soutenant à peine, et souriant forcément.*

En effet, baronne, son nom...

LA BARONNE.

Vos parents et ceux de monsieur de Maubreuil devaient se voir.

ÉLISE, *luttant contre son trouble.*

Il y a si longtemps !... Vous le savez, voilà dix huit ans que j'ai perdu ma mère... et mon père était mort avant elle...

LA BARONNE.

C'est vrai ! j'étais encore enfant lorsque partit monsieur de Maubreuil. Ce devait être alors vers l'époque où vous vous êtes mariée.

ÉLISE.

A peu près... c'est possible !

LA BARONNE.

Le colonel est encore fort bien... quelques cheveux blancs par ci par là... l'œil vif et le cœur chaud... il vous plaira, je le parierais... et je souhaite qu'il vous plaise... je vous dirai pourquoi. Et puis, savez-vous bien qu'il n'a pas mauvais goût, pour un homme qui est resté plus de vingt ans hors barrière et qui a vécu chez les bédouins ?... Il a trouvé Mathilde charmante.

ÉLISE.

Mathilde, charmante !...

LA BARONNE.

Eh bien ! allez-vous protester ?... Oui, ma chère, il l'a vue chez moi la dernière fois qu'elle est venue. (*S'apercevant du trouble d'Elise.*) Mais, bon Dieu, chère amie, qu'avez-vous donc ? Vous sentiriez-vous mal ? (*Elle se lève et passe à gauche.*) Voulez-vous que j'appelle ?

ÉLISE, *avec effort.*

Non, baronne, non, ce n'est rien... un frisson qui m'a saisie tout-à-coup, rien de plus...

LA BARONNE.

Et justement, je n'ai pas mon flacon...

ÉLISE.

Je me sens déjà mieux... Vous parliez de Mathilde, n'est-ce pas ?

LA BARONNE.

Je ne sais plus... votre pâleur m'a effrayée. Ne soyez pas malade, au moins... j'ai besoin de vous ce soir et de votre chère famille... Pourrais-je me passer de mes meilleurs amis ? sans vous, ma soirée serait à mourir !... Tenez, je vais vous laisser. Un peu de repos dissipera votre malaise. C'est sans doute une suite des émotions de ce matin...

ÉLISE, *se levant.*

Oui, baronne, oui... vous avez raison, le retour inattendu de mon fils m'a donné une secousse... je suis si nerveuse maintenant que le moindre événement m'agite...

LA BARONNE.

Le sommeil vous remettra tout-à-fait, vous rendra votre éclat, et vous m'arriverez ce soir, charmante comme toujours !

ÉLISE.

Vous me flattez, baronne, parce que vous n'avez rien à craindre. Les charmes d'Élise de Chennevières !... autant vaudrait parler de sa jeunesse et de sa gaîté... Allons, adieu.

LA BARONNE.

Au revoir... surtout, n'arrivez pas trop tard... Ma mère attendra monsieur de Chennevières pour faire sa partie... A bientôt. (*Elle sort par le fond.*)

SCÈNE XIV.

ÉLISE, seule, très-agitée.

Je n'irai pas à ce bal !... je ne reverrai pas monsieur de Maubreuil, cet homme m'a perdue... sa vue me serait encore fatale ! j'ai bien assez souffert, mon Dieu ! oui... je dois éviter cette rencontre ; il se ferait reconnaître... il m'aborderait... le moindre trouble me trahirait aux yeux de mon mari, de la baronne, de mes enfants peut-être !... mon indisposition me servira d'excuse... (*S'asseyant.*) Voilà donc où m'a conduite un instant d'égarement et de faiblesse !... après plus de vingt années, j'ai encore peur de cet homme, je tremble à son nom seul !... et ai-je besoin même de son nom pour trembler ? Sûre de l'estime de tous, de la confiance aveugle de mon mari, n'ai-je pas peur souvent ?... ne me semble-t-il pas parfois que mon secret est en ses mains, qu'il sait tout.. qu'il va me chasser avec mon fils !.. un regard de l'homme que je trompe suffit pour me troubler... et pourtant, je suis bien seule à connaître ma honte... celui qui m'a faite criminelle ne se doute pas lui-même de l'étendue de mon crime... Oh ! ma mère ! ma mère !... qu'avez-vous exigé !... (*Se levant.*) Mais j'y pense !... si, ne me voyant pas ce soir, monsieur de Maubreuil se doute que je le crains !... il a remarqué ma fille... la baronne a dû parler de moi... s'il osait se faire présenter ici par elle, se prévaloir d'anciens droits... Oh ! jamais... jamais !... sa présence serait une tache dans cette maison... il a souillé celle où je vivais jeune fille, qu'il respecte... ou plutôt je saurai lui faire respecter celle où je suis épouse... et mère !... oui... ce dernier danger est le plus redoutable. Ce soir, dans ce bal, la présence de mon mari, de ma famille, me protégera... Eh bien ! si monsieur de Maubreuil ose s'offrir à moi, mon accueil pourra lui apprendre qu'il y aurait eu de sa part honneur et loyauté à m'éviter !... Honneur... hélas ! un Maubreuil en a-t-il ?... mais qu'importe ! je lui montrerai qu'il m'en est resté assez, à moi, pour me défendre... J'irai... j'irai chez la baronne !...

SCÈNE XV.

ELISE, MATHILDE.

MATHILDE, *entrant.*

Eh bien ! mère, tu n'es pas prête? tu ne t'habilles pas ? dépêche-toi donc, nous serons en retard...

ÉLISE.

Oui, Mathilde, oui, me voilà...

MATHILDE.

Mon père reste... félicite moi de mon triomphe.

ÉLISE.

Comment, il reste ?...

MATHILDE.

Oui... tu ne sais donc pas ?... il voulait partir, à toute force...

ÉLISE.

Partir encore !...

MATHILDE.

Une affaire l'éloignait... une affaire bien importante... mais Mathilde s'en est mêlée... elle a tant parlé, tant prié, que monsieur mon père est là, en train de s'habiller pour le bal, et qu'il va venir avec nous chez la baronne, au lieu de passer la nuit comme il le voulait en chemin de fer.

ÉLISE, *à part.*

Il voulait encore partir...

MATHILDE.

Allons, allons, maman... nous ne serons pas prêtes... c'est très-malhonnête de se faire attendre.

ÉLISE, *avec résolution.*

Allons, ma fille.

Le rideau tombe.

ACTE II.

CHEZ LA BARONNE.

Un boudoir converti en salle de jeu. — Au fond, porte au milieu et deux portes à pan coupé, donnant sur des salons.

SCÈNE I.

MAUBREUIL, seul

(*Il se mire dans une Psyché placée à l'extrême droite.*) C'est incontestable ! — Vingt années passées loin de Paris, nous rajeunissent, nous autres. La guerre nous vieillit moins que les plaisirs. — Oui, Maubreuil, tu peux plaire encore... (*Apercevant dans la glace la baronne qui entre derrière lui.*) La baronne !... (*Il se retourne vivement, un peu honteux d'être surpris.*)

SCÈNE II.

MAUBREUIL, LA BARONNE.

LA BARONNE.

Je vous dérange, monsieur de Maubreuil !

MAUBREUIL.

En quoi donc, ma cousine?

LA BARONNE.

Vous paraissiez très-occupé près de cette glace...

MAUBREUIL.

Ma foi, oui... je l'avoue... je lui demandais un conseil.

LA BARONNE.

Un conseil ou un compliment?

MAUBREUIL.

Oh !...

LA BARONNE.

Vous aviez l'air d'un officier du temps de la fronde.

MAUBREUIL.

Comment ?

LA BARONNE.

Dame ! il ne vous manquait qu'un métier à tapisserie.

MAUBREUIL, *souriant.*

Méchante... épargnez-moi.

LA BARONNE.

Vous demandez grâce !... un soldat !...

MAUBREUIL.

Oui, parce que les apparences sont contre moi... mais si je vous disais le motif...

LA BARONNE.

Ah ! il y a un motif ?

MAUBREUIL.

Très-sérieux.

LA BARONNE.

Auquel je dois croire de confiance, sans doute ?... c'est malheureux, car je vous préviens, colonel, que je suis la femme la moins confiante du genre humain... J'ai tort sans doute, et je devrais bien voir tout de suite que dès qu'un monsieur se regarde dans une glace, en se disant : Dieu ! que je suis joli !... quel bel homme je fais !... bien conservé !

MAUBREUIL, *souriant.*

Hein ?...

LA BARONNE.

Ah ! pardon... Je devrais bien voir, dis-je, qu'il y a là une raison d'état... c'est évident... et il faut être aveugle pour ne pas en être frappé... Mais que voulez-vous... ce n'est pas ma faute : Je suis obtuse, je suis bornée, sans doute, je ne vois pas la raison d'état.

MAUBREUIL, *souriant.*

Je vais essayer de vous la faire voir...

LA BARONNE.

Ah ! par exemple ! je suis curieuse...

MAUBREUIL.

Et même, ma chère cousine, je vous attendais pour cela. Oui, je suis descendu avant l'heure de votre bal, car ce n'est rien moins qu'une grande confidence...

LA BARONNE.

Une confidence !... et vous ne le disiez pas !... Voilà une

heure que vous me laissez vous tourmenter, sans me prévenir que j'ai mieux que cela à faire. Allons, voyons... parlez... asseyons-nous d'abord... Eh bien, je vous écoute. Qu'est-ce que c'est ?... *(Ils s'asseyent.)*

MAUBREUIL.

Je ne sais trop comment vous dire ça.

LA BARONNE.

C'est donc bien difficile ?

MAUBREUIL.

Peut-être... ma foi, jugez-en... mais d'abord... vous ne vous moquerez pas de moi ?

LA BARONNE.

Et pourquoi m'en moquerais-je ?

MAUBREUIL.

Promettez-moi que vous n'allez pas me rire au nez...

LA BARONNE.

Vous verrez bien... mais pourquoi donc ?

MAUBREUIL.

Parce que... je suis... amoureux !...

LA BARONNE, *à part.*

Allons donc !... voilà un aveu qui a bien de la peine à se décider...

MAUBREUIL.

N'est-ce pas, c'est d'un conscrit, c'est niais, c'est bête, c'est ridicule ?...

LA BARONNE.

Mais... ça dépend...

MAUBREUIL.

Et maintenant, pour compléter ma confidence... il me reste un a m à vous dire...

LA BARONNE, *minaudant.*

Franchement, cousin, ce nom je m'en doute bien un peu.

MAUBREUIL.

Un nom charmant... celui de cette jeune fille qui était chez vous l'autre jour...

LA BARONNE, *stupéfaite.*

Mathilde...

MAUBREUIL, *avec passion.*

Mathilde !...

LA BARONNE, *à part.*

C'était Mathilde !... Et moi qui croyais !... *(Haut.)* Ah ! c'est mademoiselle de Chennevières !... Vous m'aviez bien dit, en effet, que vous la trouviez charmante... mais j'avoue que j'étais loin de m'attendre... car enfin, vous l'avez vue une fois...

MAUBREUIL.

Deux, baronne...

LA BARONNE.

Mais non... une seule...

MAUBREUIL.

Pardon... deux fois ! La première, c'était chez vous, ici : je l'y ai vue dans ce charmant embarras qui sied si bien aux jeunes filles, rougissant pour un mot, baissant les yeux sous un regard, timide sans pruderie, simple, enjouée, sympathique enfin ; et je suis sorti de chez vous, emportant dans mon cœur un trouble inconnu. Depuis ce temps, son image enchanteresse ne m'a plus quitté.

LA BARONNE, *avec dépit.*

Quel feu !...

MAUBREUIL.

Cela vous étonne !... Ah ! c'est qu'on ne sait pas à quel point ils sont jeunes, ces vieux soldats que leur extérieur ferait croire insensibles et froids : ce sont des enfants, ma cousine. Nous n'usons pas notre cœur en Algérie ; nous n'usons que son enveloppe, et nous revenons avec une âme toute neuve, toute accessible, dans un corps endurci, vieilli, souvent même goutteux et perclus ; enfin, nous revenons avec notre demi-siècle, moins blasés quelquefois que nous ne l'étions en partant, avec nos dix-neuf ans.

LA BARONNE.

Comment ?

MAUBREUIL.

Ah ! c'est qu'alors nous ne rêvions que brillant uniforme, que conquêtes flatteuses ; nous n'avions pas d'amour, mais de la fatuité, mais de l'orgueil ; nous ne cherchions pas de l'affection, nous voulions des victimes. Être aimés ! la belle affaire !... Être vantés, c'était l'important !

LA BARONNE.

Le charmant caractère !...

MAUBREUIL.

Mais heureusement la guerre nous a sauvés, l'absence nous a éclairés, et, au retour, la petite vanité du triomphe n'a plus de piquant pour nous. Par un mot, par un regard, une jeune fille nous subjugue sans le vouloir, sans même s'en douter : cette enfant qui pourrait être notre fille, nous la rêvons pour femme, faute de l'avoir vue grandir sous nos yeux, nous aimant, nous appelant son père ; faute d'avoir vu vivre et vieillir sa mère. Enfin, nous avons fait la moitié du voyage sans nous munir de compagnon : la brièveté du trajet qui nous reste, nous effraie ; nous ne voulons pas arriver seul au triste but, à la vieillesse... aussi ne sommes-nous pas longs à choisir... et c'est mademoiselle Mathilde que j'ai choisie. Elle est si belle, si riante, si vivante !...

LA BARONNE, *avec ironie.*

Vous brûlez, mon pauvre Maubreuil. Où donc cette chère enfant a-t-elle achevé de vous inspirer une si violente passion ? *(Elle se lève.)*

MAUBREUIL, *se levant.*

Oh ! ne riez pas, baronne ; c'est une véritable passion, en effet... Hier, c'était aux Italiens... elle y était avec son père, je pense, et du fond d'une loge où, pendant toute la soirée je me suis tenu enfoui, j'ai contemplé, non plus avec trouble cette fois, mais avec ferveur, avec adoration, la douceur de son sourire, le feu de ses yeux, le charme enivrant de toute sa personne. Ah ! c'est qu'elle n'était plus gênée, embarrassée alors ; elle ignorait ce regard qui l'embrassait tout entière, et dans lequel elle se jouait, naïve, pure, confiante. Je n'entendais pas ses paroles, mais je les devinais, je sais qu'elle parlât, soit qu'elle écoutât, c'était lucide, intelligent, frappant. Si les femmes savaient ce qu'elles valent sans le vouloir, si elles savaient qu'être simples, naturelles, qu'être elles-mêmes enfin, c'est la plus triomphante des coquetteries, elles ne se feraient plus jamais coquettes... Ah ! pardon !...

LA BARONNE.

De quoi donc ?...

MAUBREUIL, *à lui-même.*

Imbécile !... *(La baronne le menace du doigt en souriant.)* Vous voyez bien que je suis fou, puisque je ne sais plus ce que je dis. Où diable aussi vais-je me mêler de faire des phrases ! Le fait est que j'aime cet ange, que j'en perds la tête, et que l'avoir pour femme serait la seule chose qui pût me consoler de n'être pas son père.

LA BARONNE.

Ah ! je commence à comprendre... elle n'a que dix-huit ans, et vous consultiez le miroir...

MAUBREUIL.

Oh ! mais vous lui direz, n'est-ce pas, qu'un cœur jeune encore bat dans ma poitrine.

LA BARONNE, *à part.*

Ah ! il faudra encore que ce soit moi...

MAUBREUIL.

Je saurai me faire aimer d'elle... l'amour d'un homme sérieux et dont la carrière n'est pas sans éclat, cet amour-là vaudra mieux pour un cœur noble et pur comme est le sien, j'en suis sûr, que l'ardeur passagère d'un jeune homme sans valeur... Et puis, il me semble qu'il doit y avoir aussi pour une jeune fille quelque chose de flatteur à faire trembler devant elle un homme sur lequel les Kabyles n'ont pas eu ce pouvoir... et j'en suis là, cousine...

LA BARONNE.

Vous !...

MAUBREUIL.

Oui, moi ; oui, je tremble, rien qu'au nom, rien qu'à l'idée de ce petit ange...

LA BARONNE, *riant.*

Par exemple !...

MAUBREUIL.

Oh ! moquez-vous de moi, raillez, allez... ne vous gênez pas... je vous donne l'exemple en m'en moquant moi-même : je suis un conscrit dans toute la force du terme, un niais, un sot... Ah ! pis que tout cela, cousine, ou plutôt, je suis tout cela à la fois... je suis amoureux !...

LA BARONNE.

Savez-vous, colonel, que vous êtes fort entraînant ? En vérité, je ne saurais plaider votre cause aussi chaudement que vous-même ; et pour le mal que je vous veux, je souhaiterais de grand cœur que, d'un coin de ce salon, ma petite amie eût entendu ce que vous venez de me dire.

MAUBREUIL.

Ah ! je le souhaiterais bien aussi, car ce n'est certes pas en face d'elle que j'oserais recommencer !...

LA BARONNE.

Il le faudra, pourtant, car, quant à moi, je me récuse...

MAUBREUIL.

Comment ! vous refusez de me servir ? Pourquoi ?

LA BARONNE.

Mais non, du tout... et la preuve... tenez... Oh ! c'est assez bizarre ! sans que vous m'en eussiez chargée, et comme par intuition, sans doute, j'ai déjà parlé de vous à la mère et... vous supposez bien en quels termes... Mais je me récuse, colonel, parce que mieux que par moi, vous êtes par vous-même tout recommandé auprès de madame Chennevières, car elle vous connaît.

MAUBREUIL.

Moi ? comment donc ?

LA BARONNE.

Oh ! ce n'est pas d'hier !... Je vous parle d'avant votre départ...

MAUBREUIL.

Madame de Chennevières ?... mais je ne me souviens pas de ce nom...

LA BARONNE.

Je vous parle aussi d'avant son mariage : je vous parle enfin du temps où madame de Chennevières s'appelait mademoiselle de Neuvilly...

MAUBREUIL, stupéfait.

Elise !...

LA BARONNE.

Eh oui !...

MAUBREUIL, altéré.

Elise de Neuvilly !...

LA BARONNE.

Vous vous rappelez maintenant... (Le regardant.) Eh mais ! qu'avez-vous donc ?...

MAUBREUIL, à part.

Elle est la fille d'Elise !...

LA BARONNE.

Mon cousin... vous vous trouvez mal...

MAUBREUIL.

Non... non, ce n'est rien... merci...

LA BARONNE, à part.

Oh ! cela est singulier !...

MAUBREUIL.

Allons... tout est perdu, il n'y faut plus songer... Oubliez, ma cousine, tout ce que je viens de vous dire...

LA BARONNE.

Mais pourquoi, colonel ? Je ne vous comprends pas...

MAUBREUIL.

Vous ne savez pas que le nom que vous venez de prononcer est un obstacle insurmontable à la réalisation du plus cher de mes vœux...

LA BARONNE.

Comment cela ?

MAUBREUIL.

J'ai connu, en effet, mademoiselle de Neuvilly. Deux ans environ avant que je ne quittasse Paris, l'étroite amitié qui me liait à son frère, m'avait fait entrer dans sa famille sur le pied de l'intimité.

LA BARONNE, s'asseyant à droite.

Eh bien ! est-ce que ce n'est pas un très-bon antécédent ?

MAUBREUIL.

Hélas ! non, ma cousine, car cette intimité avait son danger. A force de voir la sœur de mon ami, je ne restai plus maître d'un cœur trop jeune d'où la passion brûlait de s'échapper... j'exprimai un amour que je croyais durable... Que ne croit-on pas à vingt ans !... Mademoiselle de Neuvilly parut répondre à mes soins...

LA BARONNE.

Je comprends !... Vous avez aimé la mère de Mathilde !...

MAUBREUIL, un peu honteux.

Aimé... non, ma cousine.

LA BARONNE.

Que disiez-vous donc ?

MAUBREUIL.

Effervescence de jeunesse, trouble du cœur peut-être, effet d'un rapprochement trop facile, imprudent sans doute... mais amour... hélas ! non. J'avais malheureusement engagé ma parole, lorsque ma famille, redoutant pour moi, trop jeune d'ailleurs, un mariage sans fortune... Ah ! croyez-le, cette raison n'avait de poids qu'auprès de mes parents... ai-je besoin de vous l'affirmer. Je viens de vous le dire, j'avais vingt ans à peine, et ce n'est pas l'âge où l'on calcule.

LA BARONNE.

Continuez....

MAUBREUIL.

Ma famille obtint par son crédit, et sans m'avoir prévenu, une permutation avantageuse : j'étais alors simple sous-lieutenant. Circonvenu, entraîné, je partis... (Avec effort.) manquant ainsi à la parole donnée. Voilà, ma cousine, voilà mon offense envers mademoiselle de Neuvilly ; je n'essaierai pas de m'en disculper auprès de madame de Chennevières.

LA BARONNE, se levant.

J'entends !... Elle vous aimait, elle...

MAUBREUIL, confus.

Je n'oserai dire... mais, du moins, elle avait accepté ma recherche...

LA BARONNE, à part.

Pauvre femme !... oh ! je comprends maintenant son émotion !...

MAUBREUIL.

Vous voyez, ma cousine, que je ne dois plus penser à mademoiselle Mathilde.

LA BARONNE.

En effet !...

MAUBREUIL.

Le sentiment qu'elle m'a inspiré devait être le châtiment de ma conduite... je souffrirai ce châtiment sans me plaindre : je l'ai mérité.

LA BARONNE, à part.

C'est bien fait, je suis vengée... ça lui apprendra ! (Haut.) En vérité, mon cher Maubreuil, vous êtes un amoureux complet : vous n'avez pas seulement l'ardeur d'un jeune homme, vous en avez aussi toute l'étourderie.

MAUBREUIL.

Que voulez-vous dire ?

LA BARONNE.

Je veux dire qu'après vingt ans, épouse d'un homme qu'elle estime et qu'elle aime, madame de Chennevières ne se souvient seulement pas que vous l'ayez offensée ?

MAUBREUIL.

Quoi ! vous pensez !...

LA BARONNE.

Je pense que si Elise vous a aimé jadis, c'est qu'elle vous jugeait digne d'amour, et qu'elle ne pourrait blâmer aujourd'hui les mêmes sentiments dans sa fille. Elise n'est plus une femme, mon ami, c'est une mère ! Et d'ailleurs, pour obtenir votre pardon, n'avez-vous pas près de madame de Chennevières une amie dévouée ?

MAUBREUIL.

Et cette amie...

LA BARONNE, lui tendant la main.

Ingrat !... Est-ce que vous doutez d'elle ?...

MAUBREUIL.

Que vous êtes bonne !...

LA BARONNE, soupirant.

Je n'ai plus que ça à faire.

MAUBREUIL.

Mais vous entreprenez une tâche bien difficile !...

LA BARONNE.

Impertinent ! Est-ce que je m'en chargerais sans cela ?... Je ne vous dis pas que j'amènerai madame de Chennevières à vous offrir la main de sa fille... Oh ! non... ce serait trop demander ; mais, enfin, vous reverrez Elise, vous vous ferez pardonner. Et quant à mademoiselle Mathilde... et il me semble que l'amour que vous prétendez éprouver doit bien avoir la force d'accomplir le reste.

MAUBREUIL.

Oh ! s'il ne s'agissait que de cela !...

LA BARONNE, à part.

Fat !... (Haut, changeant de ton.) Mais, je m'aperçois que je m'intéresse trop à vous. Voilà un temps infini que je bavarde, que je vous écoute, que je vous réponds... Je ne songe plus que l'heure s'écoule, que mes invités vont arriver et que j'ai mille ordres à donner. Maubreuil, c'est votre faute : il faut que vous la répariez.

Comment ?

LA BARONNE.

Je vous charge spécialement de recevoir et de faire patienter ceux qui viendront... Adieu... à tout-à-l'heure, et comptez sur mon amitié... Eh bien !... vieil amoureux, voulez-vous bien sourire et espérer tout de suite !... (*Elle sort par la droite.*)

SCÈNE III.

MAUBREUIL, seul.

C'était la fille d'Elise de Neuvilly !... Ah ! cet amour tient de la fatalité... et pourtant la baronne semble ne pas désespérer... elle est sincère... quel intérêt aurait-elle à m'abuser?... Oui, mais elle ne sait pas à quel point je fus indigne... elle ne sait point que cet abandon était une lâcheté, presque un crime ! En effet ma faute apparente, c'est une peccadille, une étourderie... Tandis que ma faute réelle... ce fut une lâche trahison, une séduction perfide .. Maudite jeunesse !... (*Avec ironie.*) On dit que c'est l'âge des nobles sentiments... Allons, n'y songeons plus !... mon rêve n'aura pas été long !... mais s'il me faut renoncer à Mathilde, au bonheur, je ne renoncerai pas du moins à me réhabiliter près de sa mère, à obtenir ce pardon que m'a fait espérer la baronne... Ce pardon, si Elise daignait me l'accorder, ne serait-ce pas le moyen de tuer le passé, même à nos propres yeux, les seuls qui le connaissent, même dans nos propres consciences, les seules qui se souviennent !...

BEAUSÉANT, en dehors.

Ne m'annoncez pas... je m'annoncerai moi-même... je suis connu ici... le vicomte de Beauséant !...

MAUBREUIL, avec saisissement.

Ah !... (*Silence.*) Le hasard a parfois de singulières ironies !... Je l'oubliais : (*Montrant Beauséant qui entre.*) Le voilà, lui... lui qui sait tout !...

SCÈNE IV.

MAUBREUIL, BEAUSÉANT.

BEAUSÉANT, entrant par le fond.

Maubreuil !... ah ! bonjour, cher... comment va, aujourd'hui ?

MAUBREUIL.

Bien... (*A part.*) S'il pouvait avoir oublié !...

BEAUSÉANT, prenant sur la causeuse le mouchoir de la baronne qu'elle y a oublié.

Je suis venu trop tôt, n'est-ce pas ? J'arrive mal à propos...

MAUBREUIL.

Pourquoi ?

BEAUSÉANT, lui montrant le mouchoir.

Dame !... tu n'étais pas seul... (*Regardant la marque.*) H. D.

MAUBREUIL.

Ma cousine était là tout-à-l'heure...

BEAUSÉANT.

Et je l'ai fait fuir... je vous ai interrompus...

MAUBREUIL.

Nous ne disions plus rien...

BEAUSÉANT.

Alors je ne vous en ai que plus interrompus... mes excuses...

MAUBREUIL, préoccupé.

Que veux-tu dire ?... tu es fou... la baronne n'était plus là depuis quelques instants... et d'ailleurs, quand nous aurions été ensemble, quand nous aurions eu à causer, tu ne nous aurais nullement dérangés : n'avons-nous pas tout le temps de nous revoir ?

BEAUSÉANT.

C'est vrai... tu demeures chez elle...

MAUBREUIL.

Chez sa mère... qui est ma tante...

BEAUSÉANT.

Elles demeurent ensemble...

MAUBREUIL.

Ah ! Beauséant, assez !...

BEAUSÉANT, souriant.

Ce cher colonel !... Elle est jolie...

MAUBREUIL.

Tu n'as perdu, je le vois, ni la rage de la plaisanterie, ni la manie de l'indiscrétion...

BEAUSÉANT, riant.

De l'indiscrétion, dis-tu?... Georges, je suis indiscret ?... Ah ! tu te compromets, mon cher...

MAUBREUIL.

Mais non, mille fois non...

BEAUSÉANT.

Voyons donc, Maubreuil... nous sommes seuls... pourquoi me faire des mystères, à moi, ton ami ?

MAUBREUIL, impatienté.

Tu ne peux donc voir la chose la plus naturelle, l'incident le plus banal, sans y entendre malice ?

BEAUSÉANT.

Comment ! voilà que tu te fâches ?

MAUBREUIL.

Non... mais je ne puis souffrir que tu effleures, même d'une plaisanterie, la réputation de ma cousine, qui est coquette, je te l'accorde... légère, j'en conviens... inconséquente, je le veux ; mais qui, avec toutes ces imperfections dans la forme, est au fond la vertu, l'honneur même.

BEAUSÉANT.

Moi, je veux bien.

MAUBREUIL.

Allons, assez sur ce sujet.

BEAUSÉANT.

Volontiers ! Parlons d'autre chose.

MAUBREUIL, à part.

Mais comment savoir s'il se souvient encore...

BEAUSÉANT.

Ah ! dis donc... tu ne sais pas qui je viens de rencontrer tout-à-l'heure ?

MAUBREUIL.

Non.

BEAUSÉANT.

Devine !

MAUBREUIL.

Quoi ?

BEAUSÉANT.

Qui je viens de rencontrer.

MAUBREUIL, impatienté.

Non... je ne devinerais pas... parle donc !

BEAUSÉANT.

Tu es irritable, mon cher... tu as quelque chose... quoi donc ?

MAUBREUIL.

Moi, rien du tout... je ne sais quelles idées tu te fais...

BEAUSÉANT.

Eh bien ! je viens de rencontrer de Moissac !

MAUBREUIL.

Qui ? de Moissac ?

BEAUSÉANT.

De Moissac, parbleu ! notre ami de Moissac ! un grand... blond... qui venait dans le temps chez Tortoni... tu ne connais que ça... son père était banquier... on a dit même qu'il prêtait à usure... c'est bien possible, du reste... Comment, tu ne te rappelles pas ?

MAUBREUIL.

Non.

BEAUSÉANT.

Enfin, je viens de le rencontrer. Quel événement !... quel cataclysme !... je ne le reconnaissais point, tant j'étais loin de m'attendre à le voir...

MAUBREUIL.

Pourquoi cela ?

BEAUSÉANT.

Mais tu ne sais donc rien ?... de Moissac a disparu... on ne le voit plus du tout... depuis que madame d'Almont est revenue de Russie. Que diable ! c'est bien d'aimer les gens, mais il y a des bornes à tout.... de Moissac néglige ses amis..... Madame d'Almont devrait bien nous le laisser l'après-midi au moins... alors la petite Solanges ne dépérirait plus... elle en est folle... Gondreville finira par s'en apercevoir, quand il ne sera plus occupé... à occuper Vernier. Tu sais, de Clagny le décoche au mari toutes les fois qu'il va rendre visite à la femme... Tu n'as pas l'air d'écouter ce que je te dis !...

MAUBREUIL.

Que me font les intrigues de gens que je ne connais pas ?

BEAUSÉANT.

Ah ! Maubreuil... tu es glacial avec moi !... l'absence t'a re-
froidi beaucoup. Ce que ça te fait !... ce que ça te fait !... Eh
bien ! et à moi, donc, crois-tu que ça me fasse quelque chose ?
On cause... et l'on n'a pas toujours des choses de la plus haute
importance à se dire. Tu es froid... autrefois, tu étais plus gai,
plus chaud, plus riant... je t'aimais mieux autrefois !...

MAUBREUIL, *le regardant.*

Autrefois !... (*A part.*) Ah ! sur cette voie, peut-être... (*Haut.*)
Oui.... oui.... nous étions jeunes.... et nous nous amusions....
c'était le temps des conquêtes... le bon temps !... tu t'en souv-
viens ?

BEAUSÉANT.

Parbleu !... Te rappelles-tu Paquita ?

MAUBREUIL.

Paquita... **non.**

BEAUSÉANT.

Ingrat ! Paquita, la chanteuse, qui a quitté pour toi le mar-
quis de Thrasyle... T'a-t-elle aimé, celle-là !... Entre nous,
tu n'étais pas précisément son premier, à beaucoup près !...
C'est égal... tu en étais bien fier !...

MAUBREUIL.

Oui, je faisais alors consister ma gloire dans une réputation
de Don Juan...

BEAUSÉANT.

Que tu méritais !... Je me rappelle les roueries que tu as dé-
ployées auprès d'Hortense... la petite Hortense !...

MAUBREUIL, *à part.*

Quelle mémoire !... (*Haut.*) comment, tu as su...

BEAUSÉANT.

Dame ! oui... tu avais confiance dans ce temps-là... nous nous
disions tout...

MAUBREUIL, *à part.*

Et c'est dans un de ces moments où j'étais si fier du triomphe que... Oh ! je fus bien imprudent et bien coupable en lui
confiant alors un pareil secret !...

BEAUSÉANT.

Et puis, tu ne me l'aurais pas dit que je l'aurais deviné le
lendemain, rien qu'à ton air radieux... car les lendemains,
mon cher, le monde semblait t'appartenir !... Ah ! tu avais des
lendemains superbes...

MAUBREUIL.

Tu ne me cites là que des conquêtes faciles ; j'en ai enregistré
de plus glorieuses... Rappelle-moi donc...

BEAUSÉANT, *riant.*

Ah ! oui... oui... je sais ce que tu veux dire...

MAUBREUIL, *à part.*

Oh ! mon Dieu !...

BEAUSÉANT.

Attends... c'est son nom qui m'échappe... ah ! je le tiens !...
Labaudraye !... madame de Labaudraye !...

MAUBREUIL, *à part.*

Il ne l'a pas nommée !... oh ! il a oublié !...

BEAUSÉANT.

Ton stage a duré longtemps auprès d'elle !... Le mari n'était
pas sot !... enfin il l'est, devenu... comme les autres. Ah ! mon
gaillard !... tu allais bien !... (*Pendant cette scène, plusieurs personnes sont entrées dans le salon du fond. — Pendant les sui-
vantes, les salons continuent à s'emplir.*)

SCÈNE V.

LES MÊMES, LA BARONNE *entrant par la droite.*

LA BARONNE *entrant, à part.*

Bauséant !... L'ennuyeux personnage !... C'est ma mère qui
l'aura invité.

BEAUSÉANT, *la saluant.*

Madame !

LA BARONNE, *gracieusement.*

Ah ! monsieur de Beauséant !... que c'est aimable à vous d'ê-
tre venu !...

BEAUSÉANT.

En doutiez-vous, madame, et pouviez-vous croire que je me
privorais du plaisir de vous voir enfin rendue au monde, à nous...
Et sans doute déjà en butte aux recherches que cette ren-
trée semble autoriser ?...

LA BARONNE, *à part.*

Il n'est pas curieux !... (*Haut, en riant.*) Mais je suis assez
demandée, merci. (*Elle remonte.*)

BEAUSÉANT, *à Maubreuil.*

Qui ta cousine épouse-t-elle ?

MAUBREUIL.

Je n'ai pas entendu parler de ça...

BEAUSÉANT.

Cachottier !... (*A part.*) C'est peut-être lui...

SCÈNE VI.

LES MÊMES, EDMOND *entrant par le fond.*

LA BARONNE.

Ah ! c'est gentil, ça, monsieur Edmond... vous ne me tenez
pas rigueur... je vous ai invité tard, vous venez de bonne heure.
Je m'empare de vous... venez causer.

BEAUSÉANT, *à Maubreuil.*

Quel est ce jeune homme ?

MAUBREUIL.

Un avocat... un monsieur Edmond Roger...

BEAUSÉANT.

C'est avec lui que la baronne se marie ?

MAUBREUIL, *impatienté.*

Mais je te répète qu'il n'est pas question...

BEAUSÉANT.

Pardon. (*Regardant Maubreuil qui sort par la gauche.*) Décidément, c'est Georges qu'elle épouse... Sa chaleur à la défendre,
son impatience à ma supposition... Dame ! je pouvais croire que
c'était l'avocat... maintenant, le bourgeois arrive à tout... Où va
donc Georges ?... Il les laisse là ensemble... causant tout bas...
Pauvre Georges... est-ce que ce serait son tour. (*Il sort par la
gauche.*)

SCÈNE VII.

MAURICE, MATHILDE, PAUL, ÉLISE, DERBY, *entrant par le
fond,* LA BARONNE, EDMOND.

LA BARONNE, *allant vers Élise.*

Chère Élise !... vous êtes remise, n'est-ce pas... vous ne
vous ressentez plus de votre malaise de tantôt ?...

ÉLISE.

Non, merci, c'est passé...

(*On entend une ritournelle de contredanse.*)

LA BARONNE, *à Maurice.*

Ma mère vous attend, vous savez !... voilà ce que c'est que
d'être beau joueur, monsieur de Chennevières. Allons, tout de
suite, aux cartes !... aux galères !... Vous la trouverez dans le
petit salon bleu. (*Maurice sort par le fond.*) Et vous, chère Mathilde, entendez-vous... le bal commence, on manque de dan-
seuses... allons... dépêchons-nous...

MATHILDE.

Mais je suis prête...

EDMOND, *à Mathilde.*

Mademoiselle, je viens me mettre sur les rangs...

MATHILDE.

Voici mon carnet.

EDMOND.

Ah ! je vous préviens... je vais être indiscret...

MATHILDE.

Je vous en défie.

EDMOND.

Que vous êtes bonne !... (*Ils sortent ensemble.*)

LA BARONNE.

Et vous, Elise, venez admirer votre fille... j'ai mille choses à
vous dire. (*A lord Derby.*) Mylord, à tout-à-l'heure. (*Elles sortent suivies de Paul.*)

SCÈNE VIII.

BEAUSÉANT, *entrant par la droite, avec* DELAROCHE ;
DERBY, INVITÉS *au fond.*

BEAUSÉANT, *allant au-devant de Derby.*

Parbleu ! mylord, je suis charmé de vous rencontrer. Per-
mettez-moi de vous présenter monsieur Delaroche. (*A Derby.*)
Lord Derby, dont nous parlions tout-à-l'heure, cher...

DELAROCHE, *saluant.*

Je suis ravi... (*Derby salue.*)

BEAUSÉANT.

Nous tâcherons, mylord, que vous ne regrettiez pas trop parmi nous votre brumeuse patrie, comme on dit dans les feuilletons.

DELAROCHE.

Je me mets à la disposition de mylord, et j'espère qu'il voudra bien se servir de moi comme d'un ami...

DERBY.

Messieurs, je suis très-confus...

BEAUSÉANT.

Madame Dorigny vous présentera sans aucun doute à ses amis, à sa famille...

DERBY.

J'ai déjà eu l'honneur de voir chez elle le colonel de Maubreuil, un de ses parents, je crois...

BEAUSÉANT.

Georges... mon ami d'enfance !... Oui... oui, il est au mieux avec la baronne; c'est le cousin de feu son mari... et l'on dit même... son futur successeur...

DELAROCHE.

Bah ! vraiment, il est question ?...

BEAUSÉANT.

Certainement. D'où venez-vous donc ? on ne parle que de cela... et n'est-ce pas visible d'ailleurs, à l'empressement de Georges auprès de la baronne?... Malheureusement, on prétend qu'il n'est pas le seul à lui rendre des soins... et qu'un certain monsieur Roger...

MAUBREUIL, *entrant par le fond, à part.*

Elle est là !... qu'elle est charmante !... L'avocat danse avec elle... je n'ose aborder la mère !

DELAROCHE.

Edmond Roger, l'avocat de la baronne... qui a vaillamment gagné pour elle un procès, le mois dernier...

BEAUSÉANT.

La reconnaissance explique tout : c'est dommage pour ce pauvre Georges. (*En se retournant, il se trouve nez à nez avec Maubreuil.*) Eh ! ce bon Georges... tiens, le voilà !...

SCÈNE IX.

LES MÊMES, MAUBREUIL.

DELAROCHE.

Si nous faisions un whist !... Qu'en dites-vous, mylord ?...

DERBY.

Je suis à votre disposition.

BEAUSÉANT.

Justement, nous voici quatre... Maubreuil, tu fais le quatrième ?

MAUBREUIL, *préoccupé.*

Hein ?... non, merci... je ne joue pas... (*Il remonte vers le fond.*)

BEAUSÉANT.

Tu ne joues plus, veux-tu dire...

DELAROCHE.

Eh bien ! jouons à trois...

BEAUSÉANT.

Avec un mort... oh... c'est triste !... je propose un écarté...

DERBY.

Soit !...

DELAROCHE.

Tirons. (*Ils s'approchent tous trois de la table de jeu, Maubreuil reste près de la porte du salon ; la baronne en sort.*)

DELAROCHE, *à Derby.*

C'est à nous deux, mylord !

SCÈNE X.

LES MÊMES, LA BARONNE.

MAUBREUIL.

Eh bien ! ma cousine, eh bien !

LA BARONNE.

Rien encore : un peu de patience !...

MAUBREUIL.

Oh ! je bous !...

LA BARONNE.

Il reste bien entendu que je vous présente de mon chef, et comme à l'improviste, n'est-ce pas ?

MAUBREUIL.

Oui sans doute...

LA BARONNE.

Lorsque vous me verrez seule avec madame de Chennovières, approchez sans avoir l'air de nous voir...

MAUBREUIL.

Sera-ce long ?

LA BARONNE.

Je n'en sais rien... Jouez un peu pour tromper le temps...

MAUBREUIL.

Ne m'oubliez pas...

LA BARONNE.

Soyez tranquille. (*Elle sort par le fond.*)

SCÈNE XI.

LES MÊMES, moins LA BARONNE, puis EDMOND, et PAUL.

BEAUSÉANT, *regardant Maubreuil qui paraît inquiet.*

Qu'est-ce qu'il a ? qu'est-ce qu'il a ?... (*Haut.*) Je parie pour Delaroche : me tiens-tu tête, Maubreuil ?

MAUBREUIL, *agité.*

Je veux bien.

BEAUSÉANT.

Un louis.

MAUBREUIL.

Soit !... (*Il s'approche des joueurs.*)

EDMOND, *à Paul, qui entre avec lui.*

Tu dois bien t'ennuyer, mon pauvre Paul, ne dansant pas...

PAUL, *s'asseyant à gauche.*

Tu t'en acquittes pour nous deux.

EDMOND, *debout près de lui.*

Joues-tu, au moins ?

PAUL.

Jamais... je fais triste figure dans un bal...

EDMOND.

Surtout n'y connaissant personne... (*Il s'assied.*)

PAUL.

Quel est donc ce monsieur debout, près de la table ? Il a l'apparence d'un militaire ?

EDMOND.

On ne t'a pas présenté à lui ? c'est monsieur de Maubreuil. Il revient comme toi, d'Algérie.

PAUL.

Je l'ai souvent entendu nommer : je ne l'avais jamais vu.

MAUBREUIL, *apercevant Edmond, à part.*

L'avocat ici !... (*Il va regarder dans le salon.*) Et la baronne... seule avec madame de Chennovières... c'est l'instant d'approcher... (*Il sort.*)

EDMOND.

Celui qui est debout est un de ses amis, le vicomte de Beauséant, bavard, indiscret, médisant... si tu t'ennuies, cause avec lui : il n'y a personne ici sur qui il n'ait une histoire à raconter : quand il en manque, il en invente.

PAUL.

Ça peut-être amusant... avec accompagnement de contredanses... (*On entend une ritournelle.*)

EDMOND.

Justement, voici celle que ta sœur a bien voulu me garder... je te quitte...

PAUL.

Va, Zéphyr... tu me retrouveras par ici... (*Edmond sort.*)

SCÈNE XII.

LES MÊMES, moins MAUBREUIL et EDMOND.

DELAROCHE.

J'ai perdu... ma revanche, mylord ?...

DERBY.

Volontiers.

BEAUSÉANT.

Tu tiens toujours, Georges?... Tiens ! il n'est plus là !... Qu'est-ce qu'il a ? qu'est-ce qu'il a ?...

DELAROCHE.

Le roi !

BEAUSÉANT, *à Delaroche, en désignant Paul.*

Quel est ce jeune homme solitaire ?

DELAROCHE.

Je ne le connais pas.

BEAUSÉANT, *s'approchant de Paul.*

Monsieur, ne danse pas ?...

PAUL.

Vous voyez...

BEAUSÉANT.

Monsieur, veut-il parier ?...

PAUL.

Non, merci...

BEAUSÉANT, *à part.*

Il n'est pas causeur. (*Haut.*) Monsieur, fuit les salons ?

PAUL.

Je n'y connais personne.

BEAUSÉANT, *s'asseyant près de lui.*

Ah ! vous n'y connaissez personne !... Si vous désirez quelques renseignements...

PAUL, *à part.*

Edmond ne m'a pas trompé... la langue lui démange...

BEAUSÉANT.

Ce monsieur qui passe, là-bas, c'est monsieur de Clagny. Il a épousé sa cuisinière... cette dame en bleu, dans le coin, voyez-vous ?... Il la fait passer pour une Anglaise... c'est une manière de faire excuser les cuirs dont elle assaisonne ses discours.... Elle est Anglaise comme moi... je l'ai connue en service.

PAUL.

Ah !...

BEAUSÉANT, *s'asseyant encore plus près de lui.*

Cet autre monsieur décoré, auprès de la cheminée, c'est un auteur en renom. Il a donné plus de deux cents ouvrages ; il a eu près de cent succès ; mais tout cela, vous entendez bien que ça n'est pas de lui. Non, non... il a toujours des collaborateurs.

PAUL, *riant.*

Ah ! oui, je sais... de petits jeunes gens pas plus haut que ça, qui sortent du collége, qui n'ont rien lu, qui n'ont rien vu...

BEAUSÉANT.

Eh bien ! il faut croire que ça leur vient tout seul...

PAUL.

Quoi ! toutes ces jolies pièces, toute cette observation, tous ces caractères qu'on applaudit !... Et lui qui a du talent, de l'expérience, qui a vieilli dans le métier, il met son nom là-dessus pour que ça réussisse...?

BEAUSÉANT.

Oui, et on croit que c'est de lui... mais j'ai connu chose... machin... un de ses collaborateurs, qui m'a dit qu'il ne faisait jamais rien dans les pièces.

PAUL.

Ah !...

BEAUSÉANT, *désignant un invité qui entre. — A voix basse.*

Celui-ci, c'est monsieur Vernier. Je ne l'aime pas, cet homme-là : c'est un médisant. Figurez-vous un de ces gens insupportables, qui fourrent leur nez dans tout ce qui ne les regarde pas, qui sont toujours à l'affut d'un cancan, d'une aventure scandaleuse, d'une petite infamie ; qui parlent à tort et à travers et qui colportent les bruits qu'ils ont recueillis ou fait naître... curieux, bavards, indiscrets, rien n'est sacré pour eux. Probité, réputation, honneur, ils salissent tout de leur bave immonde, sacrifient tout au plaisir de raconter une petite vérité secrète, souvent même une petite calomnie. Brouiller les uns, perdre les autres, tout cela leur est égal pourvu qu'ils parlent, qu'ils écoutent, qu'ils questionnent, qu'ils apprennent, qu'ils inventent au besoin, en un mot qu'ils médisent. Ah ! pouah !... Je ne connais rien d'aussi méprisable qu'un bavard. Et vous ?

PAUL.

Moi non plus.

BEAUSÉANT, *lui donnant une poignée de mains.*

Bravo ! vous êtes mon homme !

PAUL, *à part.*

J'aime assez le portrait du peintre...

BEAUSÉANT.

Du reste, si vous voulez que je vous présente à monsieur Vernier ?...

PAUL.

Non, merci... votre conversation me suffira...

BEAUSÉANT.

Vous êtes bien bon !

PAUL, *passant au milieu.*

Puisque vous êtes si bien informé, quel est ce monsieur qui joue là ?...

BEAUSÉANT.

Lequel des deux ?

PAUL, *désignant Delaroche.*

Celui qui a des cheveux noirs...

BEAUSÉANT.

C'est un faux toupet.

PAUL, *riant.*

Ses cheveux, bien... mais lui ?

BEAUSÉANT.

C'est monsieur Delaroche... L'autre c'est lord Derby... un millionnaire... (*A demi-voix.*) On ne sait pas la source de sa fortune...

PAUL.

Ah !...

BEAUSÉANT.

Après ça, il joue beaucoup...

DERBY, *à Delaroche.*

Vous avez gagné.

DELAROCHE.

La belle ?

PAUL, *à Beauséant.*

Mais il perd, ce monsieur...

BEAUSÉANT.

C'est étonnant ! Vous savez, la fortune a ses remords.

PAUL.

Ah !... (*A part.*) C'est une vipère que cet homme-là... (*Il lui tourne le dos, va s'asseoir sur la causeuse et prend un livre.*)

BEAUSÉANT.

Ce jeune homme n'a pas la moindre connaissance du monde. (*A Delaroche.*) Ah ça ! qu'est donc devenu Maubreuil ?

DELAROCHE.

Il aura retrouvé d'anciennes connaissances...

BEAUSÉANT.

Ou d'anciennes victimes... car c'était un beau que notre ami, un séducteur... il n'en manquait pas une, le gaillard !

DERBY, *à Beauséant.*

Et après de tels succès dans le monde, avec de tels souvenirs, monsieur de Maubreuil a pu se décider à quitter la France ?

BEAUSÉANT.

Oh ! c'est une vieille histoire que vous demandez là ; mais je vous dirai la chose en deux mots. Monsieur de Maubreuil était devenu l'amant de la sœur d'un de ses amis. Effrayée de cette liaison, sa famille parvint à le faire entrer dans un régiment qui partait pour la Grèce. Là, sa bravoure lui obtint de l'avancement, il oublia sa maîtresse, et passa bientôt en Afrique.

PAUL, *à part, se levant.*

Quelle crecelle fatigante !

DERBY, *à Delaroche.*

Vous avez gagné...

BEAUSÉANT, *regardant le jeu de Delaroche.*

Tiens ! c'est vrai. (*Delaroche et Derby se lèvent.*) Vous voyez, mon cher lord, que ceci ne vaut guère la peine d'être raconté. Mais ce qu'il y eut de plaisant dans cette histoire, c'est que l'Ariane abandonnée, une belle personne, ma foi, dont je m'attendais presque à pleurer le trépas, épousa, un mois environ après la fuite de son Thésée, un bon gentilhomme de province qui venait se fixer à Paris, et qui eut la bonté de ne se douter de rien. Qu'en dites-vous, mylord ?

DELAROCHE.

Il y a toujours un dieu... je veux dire un mari pour ces Arianes-là.

BEAUSÉANT.

Mais venez donc, que je vous fasse faire une revue du salon... (*Ils remontent la scène.*)

PAUL, *qui est redescendu près de la table de jeu, s'asseyant, à part.*

Ça promet d'être instructif !...

BEAUSÉANT, *près de la porte.*

Ah ! bon Dieu !... qu'est-ce que je vois là !...

DERBY.

Quoi donc ?

BEAUSÉANT.

Notre ami Georges auprès de son ancienne conquête !.... Et moi qui le supposais attiré par quelque bijou nouveau, tandis qu'.l s'agit d'un simple raccommodement !..... Décidément, Georges a baissé !...

DELAROCHE.

Quelle supposition !... vous n'y pensez pas !...

BEAUSÉANT.

Ah ! je suis bien sûr de ce que je dis... je le tiens de Georges lui-même !

DERBY.

Quoi !... cette dame si belle encore, d'un air si noble...

BEAUSÉANT.

C'est l'Ariane, mylord !...

DERBY.

Tant de dignité et si peu de vertu !... oh ! c'est incroyable !

PAUL, *s'avançant et regardant dans le salon.*

Mais quelle est donc la malheureuse femme qu'ils traitent ainsi ?...

DELAROCHE.

En tout cas, Beauséant, au moins elle lui tient rigueur. Voyez quel air imposant !...

BEAUSÉANT.

Dame ! elle a de la mémoire... et puis... *(Mystérieusement.)* on s'appelle aujourd'hui madame de Chennevières !...

PAUL, *avec explosion.*

Misérable !...

(Paul, hors de lui, s'élance sur Beauséant, qui se retranche derrière Derby et Delaroche. D'autres invités s'interposent. L'agitation se répand dans le second salon.)

BEAUSÉANT, *essayant d'élever la voix.*

Monsieur !...

PAUL, *retenu par les invités.*

Vous avez menti comme un infâme !...

DERBY.

Messieurs, songez où vous êtes !

PAUL, *voulant se dégager.*

Ah ! laissez-moi, que j'aie raison de cet imposteur infâme !...

BEAUSÉANT, *à distance.*

Ce jeune homme est fou !... Retenez-le, messieurs !

PAUL, *furieux.*

C'est un lâche !... ah ! ce devait être ! *(Apercevant Maubreuil qui entre au bruit.)* Monsieur de Maubreuil !... Dieu soit loué !... celui-là, du moins, me répondra !... *(Il va vers Georges, en essayant de se contenir.)*

SCÈNE XIII.

LES MÊMES, MAUBREUIL.

PAUL, *d'un ton saccadé.*

Monsieur... un lâche... *(Montrant Beauséant.)* le voici ! vous a prêté une odieuse calomnie. Démentez cet homme... déclarez-le sur-le-champ et devant tous, vil et infâme; dites-lui...

MAUBREUIL, *avec autorité.*

Assez, monsieur ! Vous pouvez ignorer qui je suis ; mais avant que je consente à savoir qui vous êtes et quels sont vos griefs, apprenez que j'ai pour habitude de donner des ordres et non pas d'en recevoir.

PAUL, *avec rage.*

Dites que cet homme a menti ! dites-le, ou sur mon honneur !...

MAUBREIL, *avec une supériorité dédaigneuse.*

Que feriez-vous donc, jeune homme ?

PAUL.

Ah ! c'en est trop !... Ce que je ferais !... J'enlèverais à l'insolent qui me raille un signe qu'il n'est pas digne de porter. *(Il va pour lui arracher son ruban. Maubreuil, furieux, lui saisit la main.)*

MAUBREUIL.

Malheureux !

PAUL.

Me répondrez-vous, maintenant ?

MAUBREUIL, *menaçant.*

J'aurai ta vie !... *(La foule s'interpose. En même temps, Elise et la baronne accourent effrayées. Elise qui a vu le geste de Maubreuil, jette un cri et tombe évanouie.)*

SCÈNE XIV.

LES MÊMES, ELISE, LA BARONNE.

ÉLISE, *tombant évanouie.*

Mon fils !... mon fils !...

LA BARONNE.

Qu'arrive-t-il donc ?... *(Voyant Elise.)* Oh mon Dieu !... du secours...

MAUBREUIL.

Son fils !... oh !... fatalité !...

PAUL, *bas à Maubreuil, d'un ton presque suppliant.*

Devant ma mère, pas un mot. Nous nous sommes querellés au jeu...

MAUBREUIL.

Soit !... *(Paul va près de sa mère. — Beauséant reste près de Maubreuil.)*

SCÈNE XV.

LES MÊMES, MAURICE, MATHILDE, EDMOND.

MAURICE.

Madame de Chennevières !... évanouie !...

MATHILDE.

Ma mère !... *(Elle se joint aux personnes groupées autour d'Elise. Edmond arrive en même temps qu'elle, interroge à voix basse Delaroche, qui lui répond de même.)*

MAURICE, *cherchant une réponse.*

Mais que s'est-il passé ?... *(A Maubreuil.)* Monsieur, ne pouvez-vous me dire ?...

MAUBREUIL, *avec dignité.*

Par un hasard que je déplore, madame de Chennevières a paru dans ce salon au moment où je recevais de son fils une mortelle insulte.

MAURICE.

Une insulte !... ici... chez madame d'Origny ! Pour quel motif ?

MAUBREUIL.

Votre fils vous apprendra le reste, monsieur.

MAURICE.

Mon fils, dites-vous ?... *(A Paul.)* Pourquoi donc cet éclat, Paul ?

PAUL.

Une querelle de jeu, mon père...

MAURICE, *incrédule.*

Vous n'êtes pas joueur. — Vous refusez de me répondre ?... *(Silence de Paul. — A Maubreuil.)* A qui donc ai-je l'honneur de parler, monsieur ?

MAUBREUIL.

Au colonel Georges de Maubreuil.

MAURICE, *cherchant dans ses souvenirs.*

Georges de Maubreuil ?... *(Comme éclairé subitement.)* Georges !... *(A part.)* Ah ! je comprends !...

PAUL, *s'approchant de Maubreuil, à voix basse.*

Et maintenant, votre jour, votre heure ?

MAUBREUIL, *de même.*

Demain, à sept heures, si cela vous convient.

PAUL.

Parfaitement. Un témoin suffira ?

MAUBREUIL.

Si vous le voulez.

PAUL.

A sept heures.

MAUBREUIL.

A sept heures.

Le rideau tombe

ACTE III.

CHEZ ELISE.

Après le bal. — Même décoration qu'au premier acte.

SCÈNE I.

ELISE, MATHILDE, PAUL, EDMOND.

(Elise est étendue sur le canapé à gauche; Paul tient un flacon et le fait respirer à sa mère; Mathilde est près d'Edmond, vers le milieu du théâtre.)

MATHILDE.

J'ignore si vous me trompez... mais écoutez-moi monsieur Edmond, vous m'aimez, n'est-ce pas?

EDMOND, *avec passion.*

Oh ! mademoiselle !...

MATHILDE.

Eh bien, si mon frère se bat... s'il a la moindre égratignure, jamais je ne serai votre femme.

EDMOND.

Mademoiselle, je ferai tout pour éviter un fâcheux événement.

MATHILDE.

C'est bien.

(Elle vient près de sa mère; Edmond remonte vers le fond; Paul va à lui, lui serre la main et revient près de sa mère. — Edmond sort.)

SCÈNE II.

ELISE, MATHILDE, PAUL.

PAUL, *à Elise.*

Te sens-tu mieux, ma mère?

ÉLISE.

Comment serais-je mieux, mon enfant? crois-tu donc mon cœur plus tranquille parce que j'ai quitté le salon où ton emportement m'a fait perdre connaissance?

PAUL.

Je me suis emporté, il est vrai, *(S'animant.)* mais j'en avais le droit !... *(Se calmant.)* Rassure-toi, au moins... l'affaire est expliquée et n'aura pas de suite... Edmond doit revoir monsieur de Maubreuil dans la matinée.

MATHILDE, *à part.*

Il m'a dit vrai !...

PAUL.

Et de tout ce bruit, il restera à peine le souvenir d'une méprise.

ÉLISE.

Ainsi, tu reconnais toi-même avoir été trop prompt?

PAUL.

Pourquoi me le reprocher encore, puisque tout est fini?

ÉLISE.

Malheureux enfant !... Pourquoi t'efforcer ainsi de me tromper?

PAUL.

Moi, te tromper?... mais non, ma mère...

ÉLISE.

La cause, au moins, la cause de cette querelle?...

PAUL.

Presque rien... un coup douteux à la bouillotte... quelques paroles, échappées à l'ardeur du jeu, ont blessé ma susceptibilité... j'ai répliqué avec colère, et alors...

ÉLISE.

Ce n'est pas vrai.

PAUL.

Si, ma mère...

ÉLISE.

Je ne puis te croire...

MATHILDE.

Et moi, je le crois, maman, parce que ses paroles s'accordent avec celles de monsieur Edmond, là, tout-à-l'heure...— Il ne nous tromperait pas, lui !... *(A part.)* Et puis, j'ai sa promesse !

ÉLISE.

Ainsi, une querelle de jeu?...

PAUL.

Une dispute qui s'est envenimée, voilà tout ; mais, je te le répète, mère, deux mots arrangeront l'affaire. On avouera, de part et d'autre avoir été trop vifs, et tout sera dit : Edmond s'en charge.

ÉLISE.

Bien vrai !

PAUL.

Puisque je te le dis...

ÉLISE, *avec douceur.*

Non... c'est que tu pourrais croire que je voudrais t'empêcher de te battre, te retenir, te faire des reproches, m'inquiéter... — Rien de tout cela, mon cher enfant... Je sais ce qu'exige votre honneur, à vous autres... Si tu devais être exposé à un danger, je serais forte, va... je ne te dirais rien... je te verrais partir bien tranquillement... mais au moins, je resterais là, toute la nuit, à prier le ciel pour toi, et les prières d'une mère... Les soldats ne croient peut-être pas à ces choses-là... Vous traitez ça légèrement, vous, dans vos garnisons !... mais que veux-tu? nous sommes faibles, nous autres femmes... nous y croyons. — Les prières d'une mère, ça porte bonheur quelquefois... Tu vois bien que tu peux tout me dire...

PAUL.

Je t'ai tout dit, maman.

ÉLISE.

Tiens !... écoute Paul, écoute aussi, Mathilde. *(A Paul.)* Tu n'avais qu'un an lorsque, pauvre petit être !... tu fus pris de convulsions. Tu ne peux te souvenir de cela, mais je m'en souviens bien, moi !... — Les convulsions !... fléau menaçant !... terreur des mères !... — Les médecins avaient épuisé auprès de toi leurs vains efforts... rien n'avait fait. Désespérant de trouver dans leur science un secret qui te sauvât, ils t'avaient abandonné, pauvre enfant ! en me recommandant, comme dernier, comme suprême remède, de te frapper, comprends-tu, de te frapper quand je te verrais saisi d'une attaque. Horrible moyen ! Ils espéraient par là opérer une révulsion salutaire peut-être. Quel courage il m'a fallu pour te battre quand je te voyais souffrir... pour venir augmenter encore ta souffrance, pauvre petit martyr !... mes mains s'y refusaient, apparemment... j'essayais, je ne pouvais pas... et je te voyais mourir, sans que ma cervelle inerte pût rien trouver, rien inventer... Ah ! que j'étais malheureuse !... tiens... comme tout-à-l'heure... je devenais folle, vois-tu !... Tout-à-coup, dans mon désespoir, je me jette à genoux et je prie. Je n'y pensais pas, avant... C'est que tout entières aux soins de leur ménage, se contentant d'accomplir simplement leurs devoirs, les femmes oublient trop la religion. On ne prie pas assez, mes enfants !... Je priai... je priai avec ferveur... *(Elle se lève.)* Je suppliais le ciel, si j'étais coupable d'une faute, de me punir autrement...

PAUL.

Toi, ma mère !

ÉLISE, *le regardant.*

Moi !... moi !... n'importe... Frappez-moi, disais-je, si je l'ai mérité, mais épargnez ce pauvre petit être innocent... laissez-moi mon enfant... ou bien retirez-le-moi, mais que je ne le voie pas souffrir. Oh ! je priai bien, va, Paul... et en me relevant, je le trouvai calme, souriant, guéri !... Dieu m'avait entendu, Dieu avait exaucé ma prière.

PAUL.

Bonne mère !...

ÉLISE.

Tu vois bien que les prières des mères sont bonnes à quelque chose... tu vois bien qu'il faut, mon enfant, que tu me dises tout ce qu'il en est, pour que je puisse prier pour toi !...

PAUL.

Je t'ai tout dit, ma mère ; je t'ai dit la vérité.

ÉLISE, *suppliant.*

Eh bien ! accorde-moi une grâce. J'ai bien confiance en toi... tu me le dis, je te crois... mais jure-moi que cette querelle n'aura pas de suites... jure-le-moi, et je te croirai bien, je n'aurai plus d'inquiétudes, plus de chagrin ; jure, Paul, je t'en prie...

PAUL.

Je t'ai dit vrai, ma mère.

ÉLISE, *avec douleur.*

Mais tu ne me le jures pas !...

PAUL, *à part.*

Allons !... *(Haut, avec résolution.)* Je te le jure !...

ÉLISE, *avec élan.*

Oh! mon Paul!... que je suis heureuse!... Tu m'es rendu!... moi qui croyais te perdre!... Merci, mon Dieu, merci, vous m'avez bien inspirée. — Tu ne sortiras pas demain, n'est-ce pas?... Tiens, tu vas rester avec moi... tu dormiras là, n'est-ce pas? je te regarderai dormir...

PAUL.

Maman, tu n'y penses pas... Il faut que je sorte demain matin...

ÉLISE, *avec crainte.*

Oh!..

PAUL.

Il faut que je voie monsieur de Maubreuil...

ÉLISE.

Mais, Mathilde, tu me disais qu'Edmond...

MATHILDE.

Oui, ma mère, oui...

PAUL.

Edmond le verra avant moi, expliquera l'affaire, l'atténuera proposera la réconciliation... mais il faut bien que je voie monsieur de Maubreuil, pour lui faire mes excuses, pour recevoir les siennes...

ÉLISE, *avec anxiété et résignation.*

C'est juste. Tu vois que je comprends bien tout... que je suis raisonnable...

PAUL.

Il faut aussi que je te quitte... Vois-tu, ici, je ne dormirais pas bien, je te sentirais là, je voudrais causer avec toi... et pourtant, j'ai besoin de repos... laisse-moi monter dans ma chambre, hein ma mère?...

ÉLISE.

Tu le veux?... Eh bien! bonsoir, Paul,...

PAUL.

Bonsoir, mère... bonsoir, Mathilde. (*Il embrasse sa sœur, puis sa mère.*)

ÉLISE.

Bonsoir, mon enfant...

PAUL.

Adieu!

ÉLISE, *avec effroi.*

Adieu?

PAUL, *la rassurant.*

Mais non... à revoir... à demain...

ÉLISE.

A demain, Paul... Tu viendras m'embrasser, avant de partir, demain...

PAUL.

Oui, maman...

ÉLISE.

Tu me le promets?

PAUL.

Je te le promets, oui, maman... bonsoir, dormez paisibles... je ne me battrai pas. (*Elise et Mathilde se retirent par la porte de gauche. Elise sort la dernière, et laisse retomber une tapisserie sur la porte de sa chambre*

SCÈNE XII.

PAUL seul, puis MAURICE.

PAUL, *respirant.*

Ah!... cette scène m'a brisé!... Quelle torture!... vingt fois j'ai été sur le point de me trahir... Les ai-je embrassées! oui... ah! pas autant que je l'aurais voulu, car cette entrevue est un adieu!... Si je reviens de ce duel, je serai fusillé, c'est clair... Oh! mais qu'importe! auparavant, ma mère sera vengée! — Je n'ai pas vu mon père... il m'évite, je crois... Eh bien! c'est en cela que je l'admire et que je l'aime! son cœur l'aurait porté aussi à me retenir sans doute, et il sait que l'honneur veut que j'agisse. C'est égal... j'aurais voulu lui serrer la main!... S'il m'a fui, c'est qu'il comprend que son fils ne doit pas faillir... Merci, mon père, merci... vous ne me désavouerez pas, je vous le jure!... (*Il se retourne et se voit en face de Maurice qui vient d'entrer par la droite.*) Ah! c'est lui!...

MAURICE, *froidement.*

A quelle heure vous battez-vous demain avec monsieur de Maubreuil?

PAUL, *surpris.*

A sept heures, mon père.

MAURICE, *froidement.*

C'est bien. (*Il traverse lentement l'appartement et sort par le fond.*)

SCÈNE XV.

PAUL, ELISE.

PAUL, *à lui-même.*

Pourquoi cette question? Il ne me retient pas, lui... c'est un homme, et il sait qu'on est forcé de se battre... Mais il ne m'a pas serré la main... Oh! j'ai froid au cœur... Il ne m'a pas dit adieu... ou au revoir, comme ma mère!... (*En disant cela, Paul tourne les yeux vers la chambre de sa mère, et voit Elise qui vient d'en sortir, pâle, sans voix, chancelante, et qui se tient à la muraille.*) Ma mère!... oh! mon Dieu!... qu'as-tu donc?

ÉLISE, *haletante.*

Tu m'as trompée!...

PAUL.

Dieu!...

ÉLISE.

Tu me disais que tu ne te battrais pas... tu mentais!... tu me disais qu'il ne s'agissait que d'une querelle de jeu... tu mentais!...

PAUL.

Mais, ma mère...

ÉLISE.

M. de Maubreuil ne jouait pas, lorsque cette scène a éclaté: il venait à peine de me quitter... tu vois bien que ce n'est pas cela!... Par grâce, dis-moi la vérité, car la vérité seule peut me donner les moyens d'empêcher un crime...

PAUL.

Un crime!...

ÉLISE, *embarrassée.*

N'en est-ce pas un pour une mère que de laisser tuer son enfant?... Et il le tuerait, cet homme-là, mon fils... il te tuerait, j'en suis sûre...

PAUL.

Mais, qui peut te faire supposer...

ÉLISE.

J'étais là, derrière cette tapisserie... j'ai tout entendu! (*Paul baisse la tête.*) Tu croyais donc que j'étais allée dormir? Ah! tu ne sais pas ce que c'est qu'une mère, va!... (*Elle l'embrasse.*) Dis-moi la vérité, entends-tu... il me la faut tout entière. Dis-la moi bien atroce, car je ne te croirais plus maintenant... Voyons, Paul, causons... A peine Maubreuil avait-il mis le pied dans le premier salon, lorsque le bruit de cette querelle parvint jusqu'à moi. Un pressentiment m'entraîna. Ne me dis pas que je suis étrangère à cette querelle, car je ne te croirais pas, je te le répète... Ne me dis pas que mes terreurs m'égarent... Tu te tais!... Voyons, mon fils, tu ne veux pas répondre à ta mère?.. je vais t'aider à tout me raconter. Monsieur de Maubreuil a dû dire... quelque chose de bien infâme sans doute... mais tu ne l'as pas cru, Paul, n'est-ce pas?... mais répète-moi donc ce qu'il a dit, malheureux!...

PAUL.

Puisque vous le voulez, ma mère, puisqu'il le faut, vous saurez tout. Un lâche, un misérable vous a insultée, oui, c'est vrai... Il faut que je m'accuse, car je suis coupable aussi... Prononcées par un homme sans valeur, ces paroles auraient été, sans aucun doute, démenties par monsieur de Maubreuil lui-même, si ma fureur, ma violence, n'eussent rendu impossible, sous peine de faiblesse, toute rétractation de la part de celui à qui je prétendais l'imposer...

ÉLISE.

Ainsi, vous avez répondu par un acte d'une violence extrême à des paroles dont il vous a plu de rendre monsieur de Maubreuil responsable... Et, maintenant, loin de penser à rétracter vos fureurs, vous songez à vous battre, ce matin, à sept heures!...

PAUL.

Mais qui te fait croire?...

ÉLISE.

Mais j'étais là, te dis-je, et je sais tout.

PAUL.

Eh bien! ma mère, si vous avez dit vrai, me ferez-vous reproche d'avoir défendu ce qu'un fils a de plus sacré en ce monde, l'honneur de sa mère!...

ÉLISE.

Etes-vous bien certain de l'avoir défendu, mon fils? Votre emportement a fait d'une insulte qu'on pouvait étouffer, un éclat retentissant...

PAUL.

Étouffer cette insulte !... mais tu n'y penses pas !... c'eût été me rendre complice des misérables qui t'outrageaient ; étouffer cette insulte ... c'est à peine ce que j'aurais pu faire si j'avais douté de toi, ma mère. Et quand donc aurai-je le droit de punir une lâcheté et de châtier une insolence, si ce n'est lorsque l'insolence et la lâcheté osent flétrir ce qu'il y a de plus respectable et de plus saint? Toi, ma mère, outragée devant moi !... toi, un ange ! toi, la fille dévouée, l'épouse sans tache, la mère adorable !...

ÉLISE, *courbée sous la honte.*

Oh ! mon Dieu !...

PAUL.

Toi, enfin, qui dois commander à tous l'estime et le respect !..

ÉLISE.

Assez, mon fils, assez...

PAUL, *avec exaltation.*

Je te verrais souillée par un odieux mensonge, et tu voudrais que moi, ton fils, moi dont l'honneur est inséparable du tien...

ÉLISE, *avec angoisse.*

Ah ! tais-toi, Paul, tais-toi !...

PAUL.

Tu voudrais que je restasse froid et sans colère en face de l'insulteur. Non ! oh ! non... malheur à qui t'offense !... et monsieur de Maubreuil expiera chèrement son mensonge... car tout-à-l'heure, je m'accusais à tort... l'autre misérable ne faisait que le répéter, j'en suis sûr !...

ÉLISE.

Mais ce combat est impossible !... il est impie !... Ce duel m'épouvante, te dis-je... tu ne peux te battre avec cet homme.

PAUL.

Pourquoi donc?... j'ai comme lui mon épée et mon courage : il n'a pas mon droit...

ÉLISE.

Ton bon droit, malheureux !... tu es donc sans pitié ?... regarde-moi, tiens... regarde, Paul... la mort doit être sur mes traits... ma terreur, c'est un pressentiment.... Tu n'iras pas à ce combat, Paul... moi vivante, tu ne sortiras pas !

PAUL.

Mais c'est mon déshonneur et le tien que tu demandes... Ah ! pourquoi l'ai-je revue !... laisse-moi... adieu...

ÉLISE, *s'accrochant à lui.*

Non...

PAUL.

Laisse-moi, te dis-je...

ÉLISE.

Paul... je vous défends de sortir !...

PAUL.

Ma mère, pour la première fois de ma vie, je vais vous désobéir.

ÉLISE, *à genoux.*

Eh bien, non... je n'ordonne plus... vois, je te supplie, je te conjure à genoux...

PAUL.

Non... non...

ÉLISE, *d'une voix affaiblie.*

Par pitié !...

PAUL, *se dégageant.*

Ah ! par amour pour moi, tu me rendrais indigne !...

ÉLISE, *s'affaissant sur elle-même.*

Paul, tu me tues !... (*Elle s'évanouit.*)

PAUL, *qui allait sortir, se retournant.*

Ma mère ! (*Il se prend la tête dans ses mains.*) Ah ! quel enfer !... si j'attends qu'elle ait repris ses sens, ce sera à recommencer !... Comment la quitter, maintenant ?... ah !... Mathilde !... (*Il court chercher sa sœur.*)

SCÈNE V.

ELISE, PAUL, MATHILDE.

MATHILDE, *voyant sa mère évanouie.*

Oh ! mon Dieu !... (*Elle court à Elise.*)

PAUL.

Je puis partir à présent sans remords... Adieu, ma sœur.

MATHILDE.

Paul, tu la quittes ainsi ?...

PAUL.

Oh ! ne me dis pas un mot !... ne sens-tu pas que j'ai besoin de tout mon courage? embrasse-moi. (*Ils s'embrassent.*) Adieu, tu as là ton devoir... je vais remplir le mien. (*Il sort par le fond.*)

SCÈNE VI.

ELISE, MATHILDE.

MATHILDE.

Ainsi, il nous trompait !... oh ! mais à son insu, Edmond le défendra...

ÉLISE, *revenant à elle, très-doucement.*

Paul est parti ?... cruel enfant !... (*S'animant.*) Mais il va me le tuer, lui, mon bourreau, lui son p... Mathilde !... tu étais-là !... tu n'as pas entendu, n'est-ce pas, ce que je viens de dire ?

MATHILDE.

Maman....

ÉLISE.

Oh ! mais, dis-moi donc que tu ne l'as pas entendu !... non, n'est-ce pas ?

MATHILDE, *étonnée.*

Non, maman.

ÉLISE.

Bien. C'est que je me tuerais, vois-tu... (*A part, froidement.*) Le fait est que j'aimerais bien mieux être morte que d'être méprisée par ma fille... Mais Paul... parti, mon Dieu !...

MATHILDE.

Prions, ma mère... (*Elle s'agenouille près du canapé.*)

ÉLISE.

Ah ! c'est une bonne idée que tu as là... oui, Mathilde, oui, prions... (*Elle joint les mains, avec égarement.*) Mon Dieu !... faites-moi la grâce de me rendre mon fils... mon Dieu !... faites-moi la grâce de me rendre mon fils !... Mon Dieu... mon fils... (*Avec désespoir.*) Je ne trouve que ça... je ne puis même pas prier... Prier !... quand je peux le sauver !... car j'en ai le moyen... c'est d'aller trouver Georges, de lui dire... c'est ça, je vais y aller... Mathilde, mon châle, mon chap... (*A part.*) Non... taisons-nous... elle voudrait venir avec moi... (*Haut, en souriant.*) Non, mon enfant... je ne veux pas mon châle... je ne veux pas mon chapeau... Je parie que tu as cru que je voulais sortir !... quelle plaisanterie !... J'y songe bien...

MATHILDE, *pleurant à part.*

Mon Dieu ! mon Dieu !...

ÉLISE, *avec accablement.*

Elle va croire que je deviens folle !... — Du reste, je crois que je le suis en effet... oui... je n'y vois plus... ma tête éclate... ah ! de l'air... c'est de l'air qu'il me faut... (*Elle se précipite vers la fenêtre et l'ouvre.*)

MATHILDE, *la suivant.*

Ma mère !...

ÉLISE, *se remettant.*

Ça va mieux... oh ! que ça fait de bien, le frais de la nuit... Ça va bien mieux... là... voilà que ça va tout-à-fait bien... Maintenant, va te reposer, mon enfant...

MATHILDE.

Me reposer !... quand je te vois souffrir ainsi... quand Paul est en danger !...

ÉLISE.

En danger, dis-tu ? Oui !... dans un grand danger... Eh bien ! veux-tu sauver ton frère ?...

MATHILDE.

Oh ! ma mère !...

ÉLISE.

Tu le veux, n'est-ce pas... bonne fille !... Eh bien ! tu en as le moyen... c'est d'aller dans ta chambre... Va... laisse-moi seule un peu, et Paul sera sauvé.

MATHILDE.

Comment !...

ÉLISE.

Je veux être seule... Pour le sauver, j'ai à écrire... tu me gênerais...

MATHILDE.

Mais je ne puis te quitter...

ÉLISE, *très-durement, d'une voix brève.*

Mais... je le veux !... Je suis votre mère, obéissez... (*A part.*) Oh ! mon Dieu !... comme je lui parle !... à elle, un ange !... moi qui devrais baiser la trace de ses pas... (*Elle court à Ma-*

thilde, qui se retire en pleurant et l'embrasse.) Pardon, ma fille...
Il ne faut pas m'en vouloir, vois-tu... je souffre tant... Allons,
va... laisse-moi... Je suis bien tranquille, bien raisonnable...
c'est pour quelques instants seulement... (*Elle l'emmène par la
main jusqu'à la porte de gauche. — Près de la porte, elle l'embrasse encore. Mathilde sort. — Elise fait un geste de joie, et
ferme la porte à double tour.*)

SCÈNE VII.

ELISE, *avec joie.*

Libre!... me voilà libre!... (*Elle prend sur un meuble son
châle, son chapeau, et les met avec désordre, tout en parlant.*)
Mon fils est sauvé!... Je vais aller trouver Georges... il a perdu
ma vie, il m'a pris tout bonheur... il m'a laissée, pour le reste
de mes jours, en compagnie de la honte et du remords... Je lui
dirai, à cet homme, qu'il n'a pas le droit de m'enlever mon
enfant, qu'il me doit, à moi, une réparation pour tout le mal
qu'il m'a fait... je lui dirai enfin : Tu ne peux pas tuer ton
fils... ce serait une cruauté, un crime à toi, de te battre avec
Paul... Partons!... (*Elle se dirige vers la porte du fond qui s'ouvre lentement; Maurice paraît : Elise recule en poussant un cri.*)
Ah' ..

SCÈNE VIII.

MAURICE, ÉLISE.

MAURICE, *froidement.*

Où allez-vous, madame?... vous ne répondez pas?... Pourquoi ce cri, pourquoi ce silence, si vous n'allez faire rien de
mal ?... (*Silence.*) Vous ne voulez donc pas me dire où vous
allez, madame?... vous avez raison; ce serait inutile : je le
sais.

ELISE, *tremblante.*

Quoi, monsieur...

MAURICE.

Vous vous rendez chez votre amant pour lui apprendre que
je ne suis pas le père de votre fils.

ELISE, *terrifiée.*

Ah!... il savait...

MAURICE.

Je savais tout, madame. Niez donc que ce soit là ce que vous
allez faire ? Quel autre moyen auriez-vous d'empêcher ce duel...
duel horrible, en effet!... un fils contre son père!...

ELISE.

Il savait tout!... Eh bien! chassez-moi, monsieur, tuez-
moi... je souffrirai tout, j'ai tout mérité... Ah! mais auparavant, laissez-moi empêcher ce combat. Ne m'arrêtez pas, au
nom du ciel! Pitié, monsieur, pitié pour mon fils, car lui, du
moins, est innocent. Par ce que vous avez de plus sacré, laissez empêcher un crime... vous me tuerez après; mais laissez-moi
sortir...

MAURICE.

Vous ne sortirez pas... Vous tuer, dites-vous? Eh! vous
ai-je tuée, madame, lorsqu'il y a dix-sept ans, j'ai vu en un
instant s'écrouler mon bonheur!

ELISE.

Il y a dix-sept ans!...

MAURICE.

Oui, dix-sept ans, madame. Vous souffrez? je le conçois...
Et moi, n'ai-je pas souffert?... Je vais vous dire, madame, ce
que j'ai enduré, nous pèserons nos souffrances, et nous ver-
rons alors qui de nous deux en redoit à l'autre. Si depuis que
vous avez brisé mon existence, je vous ai causé une larme, un
chagrin, vous serez libre, madame, et je n'aurai rien à dire;
mais si, au contraire, malgré la rage qui me dévorait, je vous
ai fait la vie la plus calme, la plus sereine, si enfin, vous n'a-
vez pas un reproche à m'adresser, vous resterez ici, je vous
le déclare.

ELISE.

Par grâce, monsieur... mon fils...

MAURICE.

Asseyez-vous, madame, je veux que vous m'écoutiez. (*Il
s'assied.*) Depuis quatre ans j'étais votre époux : deux enfants
étaient venus embellir notre union, et nous étions bien heureux.
Dans cette félicité, une seule chose m'étonnait : vous me paraissiez sérieuse, préoccupée, toujours. Les plaisirs des jeunes
femmes de votre âge semblaient vous être indifférents; votre
mère, malgré sa vieillesse, était plus frivole que vous. J'avais
beau m'efforcer de vous faire aimer le monde, les spectacles...
Ma place, me disiez vous, est auprès de mes enfants. Malgré

moi, cette tristesse m'inquiéta : je m'accusais presque d'en être
la cause, et j'eusse donné tout au monde pour la voir cesser.
Une nuit... nuit horrible!... c'était celle du vingt-huit janvier.

ELISE, *portant son mouchoir à ses yeux.*

Du vingt-huit janvier!...

MAURICE.

Vous la passiez près du lit de mort de votre mère, et je vous
avais remplacée au chevet de vos enfants. Soudain, des gémis-
sements, des sanglots parviennent jusqu'à moi, et pensant que
Dieu venait de retirer à lui la mourante, j'accours pour essuyer
vos larmes... mais près de la porte, je reconnus mon erreur :
votre mère vivait encore!... elle parlait!...

ELISE.

Dieu!...

MAURICE.

Pardonne-moi, ma fille, vous disait-elle, pardonne-moi de
n'avoir pas veillé comme j'aurais dû le faire sur ta jeunesse;
pardonne-moi de n'avoir pas deviné à temps ton amour pour
Georges. Dieu te donne l'exemple du pardon, car, tu le vois,
Dieu lui-même nous a pardonné, en permettant que ton mari
aimât Paul comme si Paul eût été son fils.

ELISE,

Oh!...

MAURICE.

Voilà ce que disait votre mère en expirant! Voilà ce que j'appris dans la nuit du vingt-huit janvier!... Ainsi, cet enfant, ce
petit Paul, que j'aimais tant, dont j'étais si heureux, si fier!...
il me volait ma tendresse, mon amour... il n'y avait pas droit!
Et ce jour si impatiemment, si ardemment attendu que, dans
ma naïveté, je remerciais le ciel d'en avoir hâté le terme! ce
jour où je me crus père après sept mois d'hymen, ce jour où,
il m'en souvient, je pleurais de joie quand on me présenta ce
petit être! tout ce bonheur, qui l'avait causé? ces douces larmes, qui les avait fait répandre? La naissance de l'enfant d'un
autre!... (*Pleurant.*) Ah! pourquoi ce secret funeste n'est-il pas
resté impénétrable!... nous étions si heureux!... je vous aimais
tant, Elise!... Et un mot a suffi pour renverser tout l'édifice!...
Quel moment!... (*Avec rage.*) Comprenez-vous le désespoir et la
fureur qui durent alors s'emparer de moi? Comprenez-vous,
madame, que si j'avais dû vous tuer, c'est alors que je l'aurais
fait!... et pourtant je n'ai rien dit, j'ai su feindre de tout ignorer, j'ai su me taire!

ELISE.

Ah! vous fûtes grand et généreux!... je vous bénis, monsieur,
pour tant de bontés!... Merci, monsieur, merci...

MAURICE.

Vous me remerciez, malheureuse!... Mais vous croyez donc que
c'est pour vous que je me suis tu? Non!... Oh! le ciel m'en est
témoin!... fou... furieux, j'allais, malgré votre mère expirée,
malgré la douleur de la fille, j'allais me venger de l'épouse
d'une façon terrible, quand accablé, rompu, succombant sous
tant de malheur, mon front qui cherchait un appui rencontra
un berceau... celui de notre fille, de notre petite Mathilde qui,
elle au moins, était bien à moi!... Elle dormait calme, souriante,
ignorante des tempêtes qui allaient la frapper... car me venger
de vous, c'était ravir à mon enfant les soins d'une mère, c'était
priver sa jeunesse de cet amour maternel que nul autre amour
ne saurait jamais remplacer. Me venger de vous, c'était frapper
sur elle : voilà pourquoi je ne me suis pas vengé. Le lendemain,
je partis pour un long voyage où je puisai le calme nécessaire
au retour. Vous comprenez, maintenant, pourquoi depuis dix-
sept ans j'ai tenu éloigné de moi votre fils, ce malheureux
jeune homme si bon, si brave, si digne d'être aimé, je l'avoue,
mais dont la vue est pour moi un supplice!... Mille fois je me
suis senti sur le point d'éclater... mais je pensais à ma fille, à
son repos détruit, à son avenir brisé... et alors j'étais fort pour
souffrir, et je gardais le silence. Le monde nous croyait heureux : n'était-ce pas là tout ce qu'il fallait pour le bonheur de
Mathilde? Quelque chose encore me soutenait, c'était l'espoir
qu'un jour viendrait me livrer le nom de votre complice, et
m'offrir alors quelque grande vengeance égale à ma haine,
égale à ma patience, et j'attendais. Ce jour est venu, grâce à
Dieu, et plus beau que je ne le rêvais. Mes ennemis sont aux
prises pour me délivrer d'eux les uns par les autres : j'ai le
dénouement que j'espérais, et je vous permettrais de me le dé-
rober? Non, non, madame, oh! non... ne l'espérez pas!...

ÉLISE.

Non, monsieur, vous ne vous vengerez pas ainsi.,. c'est impossible!... songez-y donc. Ce serait infâme! Vous refusez
de me tuer, dites-vous? mais vous ne voyez donc pas que vous
me tuez en détail?... ah! laissez-moi partir... Mais je m'en
souviens, vous l'avez dit tout-à-l'heure... nous pèserons no

souffrances... Eh bien! moi aussi, monsieur, j'ai été bien malheureuse... je n'ai pas attendu jusqu'aujourd'hui pour cela, allez... Bien coupable, oui... mais bien malheureuse!... oh! vous pardonneriez, si vous saviez... car je n'étais pas une âme perverse... oh! non... si vous saviez... c'était un ami de mon frère... il avait tant l'air de m'aimer... et les promesses qu'il me faisait... oh! je vous le jure, monsieur, un ange l'aurait cru... un ange aurait succombé...

MAURICE.

Malheureuse femme!... est-ce cette faute que je vous reproche!... mais pourquoi m'avoir trompé!... Il vous fallait un nom pour endosser toute cette honte, et c'est le mien que vous avez choisi!...

ÉLISE.

Tout vous avouer?... je le voulais... Je me disais : il me refusera son nom... mais je mériterai du moins son estime... sa pitié... Ah! monsieur, vous ne savez pas ce que c'est que de voir pleurer sa mère... Ma mère... ma mère... pourquoi m'avoir forcée par vos prières, par vos larmes, à genoux, vous, ma mère, à genoux devant moi!... à tromper cet homme si bon, si noble dans sa confiance!... Mais voilà que je pleure!... ce qu'il faut, ce n'est pas cela : c'est de vous montrer comme j'ai été malheureuse!... Je ne vous dirai pas comment se sont passées les premières années de mon mariage, ni tous les chagrins dont je me sentais abreuvée. Vous les aviez devinés!... elle est si lourde et si pénible, la tâche de porter haut la tête au milieu du monde, quand la conscience est là qui vous crie sans cesse de la baisser!... Je voulais mourir... oh! je vous le jure!... La naissance de Mathilde me rattacha à la vie, à mes devoirs de mère, à mes devoirs d'épouse... car je pensais pouvoir racheter ma faute par toute une vie de dévouement, d'abnégation... Mais ce voyage, ce retour... quand je vous vis devenir sombre, sévère, vous éloigner de moi, que penser? J'ai bien fait mes efforts pour vous ramener ; hélas! bientôt je compris qu'il y fallait renoncer. C'était à moi de me résigner; et résignée, j'ai vécu pendant seize mortelles années... Eh bien! monsieur, comptons : vous voyez que j'ai bien été aussi malheureuse que vous! ma faute est payée par ma vie, n'est-ce pas? et s'il y a encore un châtiment à infliger, ce ne sera pas sur mon fils qu'il tombera, car il est innocent, je vais le sauver!...

MAURICE, la retenant.

Madame, lorsqu'il y a dix-sept ans j'ai respecté votre réputation, c'est que je me disais : Qui donc voudrait choisir sa femme dans une maison dont l'honneur ne serait pas resté pur?... Je pensais à Mathilde alors; l'oubliez-vous donc aujourd'hui ?

ÉLISE.

Mais mon fils, monsieur!...

MAURICE.

Mais notre fille, madame !

ÉLISE.

Notre fille!... Mathilde!... vous l'aimez, elle, n'est ce pas!... Eh bien, en m'empêchant de partir, vous lui déchirez le cœur!... car son frère, c'est ce qu'elle aime le plus au monde!...

MAURICE, à part.

C'est vrai !

ÉLISE, en sanglotant.

Et puis, savez-vous que c'est infâme, ce que vous faites là!... vous placez une mère entre ses deux enfants, entre l'honneur de l'un et la vie de l'autre!... ah! c'est abominable!... En ce moment, deux hommes luttent pour s'arracher la vie... ce combat, vous le savez est un forfait exécrable... vous pouvez l'empêcher : et vous en attendez l'issue... mais ce forfait, qui donc le commet?... c'est vous, car vous seul savez que c'en est un!... (Elle tombe épuisée.) Dieu vous pardonne, monsieur !

MAURICE, à part, s'attendrissant en la regardant.

Elle a raison!... Pauvre femme!... mourante d'angoisses, brisée, déchirée par une double torture... je l'ai vue terrassée à mes pieds... elle demandait grâce et je ne l'ai pas relevée... je suis resté implacable parce qu'il me fallait une vengeance!... Mais ce n'est plus de la vengeance, cela, c'est de la barbarie... Je ne suis plus un juge, je deviens un bourreau... ah! loin de moi ce rôle odieux! (A Élise.) Elise!... rassurez-vous... ce duel n'aura pas lieu... je vous le jure... et vous savez que je ne trompe pas, moi!... (Il sort.)

Le rideau tombe.

ACTE IV.

CHEZ MAUBREUIL.

Après le bal. — Un salon. — De chaque côté de la porte du fond une panoplie attachée à la muraille.

SCÈNE I.

MAUBREUIL, seul.

(Il est assis près d'une table et a la tête dans ses mains. Après un silence il regarde à sa montre.)

Voici le jour... Mais pourquoi cette insulte?... Qu'a pu dire Beauséant?... Ah! ce que je craignais sans doute!... ce que j'espérais qu'il aurait oublié... C'est cela!... Me voyant près d'Élise pour la première fois depuis si longtemps... tout lui sera revenu en mémoire... et, dans sa rage médisante, il aura parlé... devant ce jeune homme... son fils!... Mais ils sont donc tous ses enfants?... Qu'elle doit être heureuse, avec ce rempart de tendresses... Et ce bonheur! j'aurais pu en jouir... Ces enfants auraient pu être les miens... Je serais aujourd'hui l'heureux époux de cette digne femme, l'heureux père de ces beaux enfants... Je ne l'ai pas voulu! La vanité, l'orgueil, l'ambition, m'ont fait manquer ma vie... Oui, maintenant elle est bien manquée, sans retour... Un dernier rayon d'espoir venait luire à mes yeux... Mathilde, cette riante colombe!... (Avec un rire amer.) Ah! il s'est vite envolé mon beau rêve!... Tout-à-l'heure, j'ai laissé insulter sa mère... et maintenant je vais tuer son frère! car l'insulte est mortelle (Se levant.) Il faut pourtant que je sache de quoi je me suis rendu responsable... J'entends marcher... Qui donc est là ?

SCÈNE II.

MAUBREUIL, BEAUSÉANT, LA BARONNE.

MAUBREUIL, à Beauséant qui entre seul.

C'est encore toi!... Que viens-tu faire ici ?... Va-t-en!...

BEAUSÉANT, à part.

Comment! va-t-en! (Haut.) Madame d'Origny m'accompagne. Je l'ai rencontrée dans l'escalier, qui montait ici... elle voudrait te parler...

MAUBREUIL.

Qu'elle entre!... (Il va au-devant d'elle.)

LA BARONNE.

Maubreuil!...

MAUBREUIL.

Ah! ma cousine, comment vous exprimer mes regrets pour la fâcheuse façon dont s'est terminé votre bal!...

LA BARONNE.

Il s'agit bien de mon bal! mais vous, quel danger vous menace?

MAUBREUIL.

Aucun, chère cousine!...

LA BARONNE.

Mais qu'est-il arrivé?

MAUBREUIL.

Rien de grave, rien de sérieux!...

LA BARONNE.

J'ai eu beau interroger, tout le monde s'est retiré silencieusement. Les uns n'avaient rien vu... les autres ne voulaient me rien dire... Tout ce que j'ai vu, moi, c'est l'évanouissement d'Élise, les regards irrités que vous jetiez sur son fils, la consternation peinte sur tous les visages...

BEAUSÉANT.

Voici ce que c'est... Figurez-vous, madame...

MAUBREUIL, bas.

Tais-toi!...

BEAUSÉANT.

Ah!

MAUBREUIL, à la baronne.

Votre inquiétude vous a exagéré les choses... Une dispute insignifiante a été cause de tout...

LA BARONNE.

Mais pourquoi cette dispute?... S'agissait-il donc de Mathilde?... auriez-vous commis quelque imprudence auprès de sa mère?... Je vous avais laissés ensemble...

MAUBREUIL.

Rien de tout cela, chère cousine... non... On s'anime en
jouant, vous savez... et le fils de votre amie...

LA BARONNE.

Ah ! il est joueur ce jeune homme ?...

MAUBREUIL, *avec colère.*

Il est violent, surtout !... (*Se contenant.*) Mais il est si jeune !
Vous pensez bien, cousine, que je ne ferai pas une affaire d'é-
tat de cette niaiserie...

LA BARONNE, *à demi-voix.*

L'affaire est-elle de nature à porter atteinte à **vos** espé-
rances ?...

MAUBREUIL, *avec un sourire forcé.*

Nullement... Ne craignez donc rien pour moi, ni pour personne... Je me contenterai de quelques excuses...

LA BARONNE.

Ah ! bien !... Vous me rassurez !... On vous fera des excuses...
et puis le dénoûment traditionnel... un déjeuner, sans doute ?...

MAUBREUIL.

Pas autre chose !...

LA BARONNE, *bas à Maubreuil.*

Et peut-être mieux que cela pour cimenter la réconciliation ?

MAUBREUIL.

Que voulez-dire ?...

LA BARONNE, *de même.*

Un bon contrat de mariage... Qui sait ? cette dispute, avec
l'isssue que vous m'annoncez, aura peut-être fait plus en votre
faveur que tout ce que nous aurions tenté...

MAUBREUIL, *à part.*

Oh !...

LA BARONNE.

Maintenant que je n'ai plus peur, je puis en vouloir tout à
mon aise à ce jeune trouble-fête qui s'en revient d'Afrique pour
assombrir notre joie, attrister nos plaisirs...

MAUBREUIL.

Et moi ? me pardonnerez-vous d'abuser ainsi de votre hospitalité ?

LA BARONNE.

Comment ?...

MAUBREUIL.

Dame !... après la fatigue d'un bal, vous avez besoin de repos... et demain de grand matin, les allées et venues dans l'hôtel... Le rendez-vous est pris ici...

LA BARONNE.

Oh ! mais rassurez-vous... De chez moi, d'abord, je n'enten-
drait rien... un grand étage nous sépare... tout l'appartement
de ma mère... et puis, d'ailleurs, je ne serai pas ici...

MAUBREUIL.

Où donc ?

LA BARONNE.

Tandis que le jeune Paul de Chennevières sera chez vous,
moi j'irai chez sa mère, la rassurer sur les suites de cette affaire, la distraire... La pauvre femme est si impressionnable !...

MAUBREUIL.

Faites mes excuses à votre mère, si le bruit qui se fera ici
parvenait jusqu'à elle... s'il troublait son sommeil... Dites-lui
qu'il ne s'agira que d'une explication...

LA BARONNE.

Je vais lui dire bonjour et lui porter vos bonnes paroles...
Adieu mon cousin... à demain... (*Bas.*) Songez que de votre
conduite en cette circonstance va peut-être dépendre la réalisation de vos vœux...

MAUBREUIL, *tristement.*

Je ferai ce que je dois faire, ma cousine...

LA BARONNE.

Allons, à demain.

MAUBREUIL.

A demain... (*Beauséant salue. — Maubreuil reconduit la
baronne.*)

SCÈNE III.

MAUBREUIL, BEAUSÉANT.

BEAUSÉANT.

Ah ! que je suis content, cher ami, que tu prennes cette affaire
de la sorte ! Je craignais que tu ne poussasses cela... diable !
J'aime bien mieux être témoin dans un déjeuner... c'est moi qui
le commanderai, n'est-ce pas ?... Tu sais que je m'y enten s !

MAUBREUIL, *avec colère.*

Malheureux !... tu n'as donc pas compris que si je parle
ainsi, c'est pour rassurer cette femme, pour qu'elle ne s'inquiète
pas vainement sur les suites inévitables... Mais quelles idées
as-tu donc sur l'honneur ? Comment ! une main insolente a osé
menacer ce signe sacré... (*Il montre son ruban.*) et tu ne devines
pas que la rage m'étouffe, tu ne comprends pas que c'est là une
affaire de vie et de mort ?...

BEAUSÉANT, *effrayé.*

Ah bah !...

MAUBREUIL.

Parle ! qu'as-tu dit ? car c'est de toi que vient tout le mal...
on t'insultait quand je suis entré... là n'est pas la question...
tu as le cœur débonnaire, apparemment... Enfin, tu peux encore
en montrer en me servant de témoin, car il faut bien me con-
tenter de toi... Qui trouver à cette heure ?... Mais parle donc,
bourreau ! qu'as-tu dit ? qu'as-tu dit ?...

BEAUSÉANT, *très ému.*

Je ne peux pas te répondre, mon ami... tu m'épouvantes...

MAUBREUIL, *avec une colère concentrée.*

Parle à présent... je suis calme... Tu as brisé mon bonheur,
ruiné mon espérance... mais que serviraient mes reproches ? ils
ne répareraient rien !... Répondras-tu enfin ? pourquoi t'insultait on ? Quelle est la calomnie qu'on voulait me forcer à dé-
mentir ?...

BEAUSÉANT, *avec une susceptibilité comique.*

Une calomnie !... Ah ! Georges... tu es dur avec moi ! une
calomnie, dis-tu ? Tu méconnais ton ami ! Moi calomnier,
jamais !... jamais !... Pour qui me prends-tu ?... Je donnais quelques renseignements à lord Derby, ce jeune étranger, qui ne
connaît personne à Paris... je lui présentais les différents indi-
vidus qui se trouvaient là, dans le salon... je lui faisais faire
enfin une petite revue de la société... tu étais auprès de mademoiselle de Chennevières... et comme il s'étonnait de votre
familiarité...

MAUBREUIL.

Notre familiarité !...

BEAUSÉANT, *reculant.*

Dame ! mon ami, ce n'est pas ta faute, on ne se voit pas soi-
même... vous aviez l'air très-familiers... alors je lui ai dit...
J'ai eu tort, Maubreuil, je l'avoue... mais comme il me pressait
de questions... je lui ai confié qu'il n'y avait là rien d'étonnant,
eu égard à votre ancienne liaison...

MAUBREUIL.

Devant son fils, malheureux !...

BEAUSÉANT.

Est-ce que je pouvais savoir ?

MAUBREUIL.

Tu devais savoir au moins qu'une confidence est sacrée, et
qu'il y a déloyauté à la trahir !...

BEAUSÉANT.

Trahir une confidence, mon ami !... moi !... jamais !... Si tu
m'avais confié dans le temps tes relations avec mademoiselle de
Neuvilly, (*Avec exagération.*) je serais mort ! je serais mort !...
plutôt que d'en rien dire... Mais voilà comment je l'ai su... je
m'en souviens comme si c'était hier... quoiqu'il y ait de ça tout
à l'heure vingt-deux ans !... Un jour, je te dis : Maubreuil... tu
me sembles assez bien avec mademoiselle de Neuvilly. — Ah !
peux-tu penser, me réponds-tu... (Tu étais quelquefois bou-
tonné !...) Voyons, Maubreuil, entre nous deux... tu es son
amant, hein, avoue !... — Non ! — Je parie que si !... — Je te
dis que non ! — Donne ta parole d'honneur. — Et tu me juras
sur ta parole que cela n'était pas ; je te crus... A quinze jours de
là, je te rencontre et je te dis : Ah ! pour le coup, mon Georges,
tu ne nieras plus cette fois... tu es son amant, avoue-le ! —
Mais non ! — Je parie que si ! — Je te dis que non ! — Donne
ta parole d'honneur ! — Et pendant un quart d'heure, tu t'ex-
ténuas à me prouver que je ne savais ce que je disais... mais
tu ne me donnas plus ta parole d'honneur... c'était clair...
elle était ta maîtresse... Mais tu ne me l'avais pas dit... tu ne
me l'avais pas confié... j'avais deviné ce secret, ce secret m'ap-
partenait... Eh bien regarde, mon ami, quelle a été ma conduite !
Pendant vingt-deux ans, je n'en ai soufflé le mot à âme qui vi-
ve !... Il est vrai que ça m'était complètement sorti de la tête !
Moi médisant, grands dieux !... Et ce qu'il y a d'agaçant, c'est
que tout le monde le dit ! je suis toujours fourré dans un tas de
cancans, c'est vrai... mais est-ce ma faute, à moi ? Je ne vais
pas les chercher... ils viennent à ma rencontre... et l'on me
croit bavard !... Ah ! le monde est bien injuste !...

MAUBREUIL.

Quoi ! tu trouves une excuse à ta conduite !

BEAUSÉANT.

Que veux-tu, mon ami... il ne faut pas m'en vouloir... Est-ce ma faute ? j'ai la bouche facile, voilà tout !...

MAUBREUIL.

Allons... assez ! le rendez-vous est pour sept heures... il en est six... Tu laisseras le témoin de monsieur de Chennevières régler toutes les conditions du combat...

BEAUSÉANT.

Quoi ! tu veux...

MAUBREUIL.

Oui, je le veux... ne parlons plus de cela.

BEAUSÉANT, à part.

Quel vilain caractère !... comme l'âge vous change les hommes !...

UN DOMESTIQUE, entrant.

Monsieur de Chennevières.

MAUBREUIL.

Déjà !... il n'est que six heures... il est impatient... faites entrer...

SCÈNE IV.

MAUBREUIL, BEAUSÉANT, MAURICE.

MAUBREUIL, avec surprise, à part.

Le père !...

BEAUSÉANT, bas.

Comment se fait-il ?...

MAUBREUIL.

Ce n'est pas vous que j'attendais, monsieur...

MAURICE.

Je le conçois... j'ai devancé l'heure du rendez-vous pour que votre adversaire ignorât ma démarche...

MAUBREUIL.

Ah ! oui, je comprends ! vous venez me demander la vie de votre fils, m'offrir peut-être de vous battre à sa place ! Épargnez-vous, monsieur, des prières inutiles... J'ai reçu, vous le savez, une mortelle offense... Oh ! je comprends et je déplore tout ce que votre situation a d'affreux ! Jugez si la mienne est pénible, puisque je suis forcé de repousser votre demande, de navrer le cœur d'un homme que j'estime, de vous déclarer enfin que votre démarche est vaine... Je ne puis consentir à changer d'adversaire... Je ne puis me battre avec un vieillard, quand c'est un jeune homme qui m'a insulté.

MAURICE.

Vous vous méprenez complètement, monsieur, sur le motif qui m'amène chez vous.

MAUBREUIL.

Comment !...

MAURICE.

J'ai besoin, pour vous le faire connaître, de rester seul avec vous... Veuillez donc, je vous prie, faire sortir monsieur, et je vous donnerai après l'explication de ma conduite.

BEAUSÉANT, à part.

Faire sortir !...

MAUBREUIL, à Beauséant.

Laisse-nous un instant...

BEAUSÉANT.

Quoi ! tu veux...

MAUBREUIL.

Guette l'arrivée du fils, et viens m'en avertir...

BEAUSÉANT, bas.

Tu veux que je te laisse seul avec...

MAUBREUIL.

Retire-toi, te dis-je... je le veux !...

BEAUSÉANT.

Imprudent !... Je m'en vais. (A part.) Faire sortir ! (Il sort. — Maubreuil ferme la porte et redescend près de Maurice.)

SCÈNE V.

MAUBREUIL, MAURICE.

MAUBREUIL.

Parlez, monsieur, je vous écoute.

MAURICE, froidement.

Je ne vous apporte pas d'excuses de la part de monsieur Paul de Chennevières...

MAUBREUIL.

Je ne les accepterais pas.

MAURICE.

Je n'en doute point... Je ne viens pas vous offrir de me battre à sa place, je ne viens nullement vous implorer, et ma situation n'a rien d'affreux, au contraire !

MAUBREUIL, surpris.

Que venez-vous donc faire ici ?

MAURICE.

Je viens simplement vous apprendre une chose dont ma conscience me force à vous instruire.

MAUBREUIL.

Et cette chose ?

MAURICE.

C'est que ce duel est impossible.

MAUBREUIL.

Impossible !... après l'insulte que j'ai reçue...

MAURICE.

Oui... vous avez subi l'outrage le plus sanglant qu'on puisse faire à un homme... à un soldat... Tout autre, je le sais, ne sortirait de là que mort ou vengé... et pourtant, je vous dis, moi, que ce duel n'aura pas lieu, parce que ce duel est impossible.

MAUBREUIL.

Êtes-vous insensé ?

MAURICE, simplement.

Vous allez en juger... Si je ne viens pas me battre à la place de mon fils... c'est que je n'ai pas de fils, monsieur.

MAUBREUIL.

Quoi !... ce jeune homme... ce Paul de Chennevières ?...

MAURICE.

N'est pas mon enfant : c'est le vôtre.

MAUBREUIL, stupéfait.

Le mien !...

MAURICE.

Oui, monsieur...

MAUBREUIL.

Le mien, monsieur, le mien !... un enfant ! un fils, à moi !...

MAURICE.

Cela vous surprend ?... c'est que vous êtes parti vite, il y a vingt-deux ans, et sans vous informer de l'état où vous abandonniez la pauvre jeune fille que vous aviez séduite...

MAUBREUIL.

Elle était mère ?...

MAURICE.

Elle allait le devenir.

MAUBREUIL, consterné.

Ah !... je fus plus coupable encore que je ne pensais !... ainsi, quand je me croyais seul sur la terre, moi aussi, j'avais une famille... quand je croyais n'avoir ici-bas personne à chérir, personne à protéger, moi aussi, je possédais un fils... (Avec joie.) Un fils !... à moi !... et beau !... brave, courageux, intrépide !... j'en ai eu la preuve, cette nuit même... Qu'il avait l'air noble et fier !... quelle ardeur brillait dans ses yeux !... que la colère lui allait bien !... (Avec orgueil.) Ah ! c'est qu'il était effrayant !

MAURICE.

Oui... c'est un brave et noble cœur !...

MAUBREUIL, avec joie.

N'est-ce pas, monsieur ?

MAURICE.

Oh ! mais vous ne pouvez savoir tout ce qu'il vaut... on ne saurait avoir pour lui toute la tendresse qu'il mérite...

MAUBREUIL.

Vraiment '...

MAURICE.

Car ce n'est pas seulement un digne et bon jeune homme, aimé et estimé de tous ceux qui l'approchent ; car il n'est pas brave seulement dans un salon... mais c'est encore un vaillant soldat...

MAUBREUIL, avec joie.

Il est militaire !

MAURICE.

Comme vous... et qui plus est, c'est l'honneur de son régiment... il est toujours le premier au danger, ses chefs l'aiment et l'admirent... enfin, à son âge, il a déjà conquis la croix d'honneur sur un champ de bataille !...

MAUBREUIL.

La croix d'honneur... mon fils !...

MAURICE, *froidement.*

L'homme que vous allez tuer.

MAUBREUIL.

Ah ! vous aviez raison, monsieur, ce duel est impossible...

MAURICE, *raillant.*

Impossible !... après l'insulte que vous avez reçue !...

MAUBREUIL.

Est-ce qu'il y a des insultes entre un fils et son père... savait-il qui j'étais ?... Non... non... et il ne songera guère à se battre avec moi lorsque je lui dirai...

MAURICE.

Quoi donc ?... qu'il est votre fils ?... mais vous n'y pensez pas, monsieur... de quel droit lui dire cela ? ce serait une insulte nouvelle !... oubliez-vous qu'il porte mon nom, qu'aux yeux de tous, il est mon fils ; qu'il me révère comme un père ?... pourquoi se bat-il avec vous ?... parce qu'on a outragé sa mère... car je lui ai appris à respecter votre maîtresse, moi, monsieur ; et vous ne parviendrez pas à lui faire mépriser ma femme.

MAUBREUIL.

Comment ! je ne pourrai...

MAURICE.

Ah ! vous pensez qu'après vingt ans d'une insoucieuse absence, quand un autre s'est chargé de réparer votre crime, de sauver du déshonneur la pauvre jeune fille que vous aviez vouée au désespoir et à la honte, vous pensez qu'il suffit de venir dire à l'enfant de cette femme : Tu te crois le fils légitime de l'honnête homme que voilà ? Tu crois ta mère pure et sans tache... Tu te trompes, mon pauvre garçon ; ta mère a été ma maîtresse, toi, tu es mon bâtard... Ce serait trop commode, cela, monsieur... Le bâtard se relèvera à ces paroles... Vous, mon père ! vous dira-t-il, où étiez-vous quand j'avais besoin de vous... Quand j'étais petit, qui donc m'aimait ? qui donc m'a élevé, protégé, entouré de soins et d'affection ? Qui donc ma mère appelle-t-elle son époux ? qui donc ma sœur appelle-t-elle son père ? c'est cet homme que voilà, ce n'est pas vous... vous n'êtes pas mon père, vous... vous êtes l'homme qui insulte ma mère !...

MAUBREUIL.

Hélas ! il a raison... que faire, mon Dieu ! que faire ?...

MAURICE, *froidement.*

Cela vous regarde... Cependant si vous me demandiez un conseil... (*Il s'assied.*)

MAUBREUIL.

Parlez !

MAURICE.

Je vous dirais, si ce duel vous répugne... car je connais ce jeune homme, et je sais que vous n'obtiendrez rien de lui...

MAUBREUIL.

Eh bien ?

MAURICE.

Je vous dirais que le plus court serait de lui faire des excuses...

MAUBREUIL.

Des excuses !...

MAURICE.

A votre place, je lui demanderais très-humblement pardon d'avoir laissé attaquer la vertu de sa mère...

MAUBREUIL.

Eh bien ! soit !... oui... il le faut... Je m'humilierai devant lui... je lui ferai des excuses... Des excuses !... Mais, s'il ignore qu'il est mon fils, il va me prendre pour un lâche !... car de tout autre que d'un père, cette conduite serait inexplicable... Moi, un lâche à ses yeux !... non, non, monsieur, c'est impossible !... Je ne ferai pas cela !

MAURICE, *se levant.*

A votre aise ! Battez-vous donc ! Soyez vainqueur... Ce n'es pas mon fils que vous tuerez !...

MAUBREUIL.

Oh ! mais cette position est horrible, monsieur !

MAURICE,

Je le sais bien.

MAUBREUIL.

Je ne peux pourtant pas tuer mon fils ! me laisser tuer ?... Par tout autre, ce serait possible... mais par lui ! par mon enfant !...

MAURICE.

Voyez, monsieur, c'est votre affaire !

MAUBREUIL.

Je ne me battrai pas avec lui... Oh ! mais à mes regards, à mes souffrances, il verra bien que je ne suis pas un lâche... car si je ne puis parler, je pourrai du moins le presser sur mon cœur...

MAURICE.

Lui ! votre ennemi ! A quoi songez-vous donc ? Voilà ce qui sera inexplicable ! Que pensera-t-il ? que lui direz-vous ?...

MAUBREUIL.

Ce que je lui dirai ?... Eh bien ! parbleu, je lui dirai tout !... Il ne me croira pas, disiez-vous ?... Oh ! il y aura dans mes yeux, dans mon cœur, des accents qui le convaincront... Mon amour pour lui rayonnera... et si la voix du sang existe, je saurai la faire parler si haut, je la ferai tonner si puissante, qu'il me croira, je vous jure, il me croira... J'ignorais son existence... qu'aura-t-il à me reprocher ?... Je sais bien que je vous déshonore en parlant ; mais si je me tais, c'est moi qui suis flétri... et devant lui !... Oh ! jamais... Vous me tuerez ? Que m'importe ! je n'aurai pas rougi devant mon fils !...

MAURICE.

Soit donc, monsieur... Vous parlerez. Puisque l'idée de retirer à la pauvre femme que vous avez perdue la seule consolation qui lui reste, l'amour et l'estime de ses enfants ; puisque le malheur et l'opprobre de toute une famille ne sont pas choses faites pour vous arrêter, vous parlerez ; rien de mieux. Mais, pour ne pas vous juger le plus indigne des hommes, que devra supposer cet enfant, sinon que sa mère était bien méprisable, bien avilie pour que vous l'abandonnassiez au moment où elle allait vous rendre père... Oh! vous le lui direz sans doute, pour n'avoir pas à rougir devant lui... Mais je serai là, moi, monsieur, pour défendre votre victime, et je dirai à votre fils que sa mère était chaste et pure, que le seul crime de la pauvre fille a été de prendre pour serments d'honneur vos lâches mensonges et de vous croire un honnête homme...

MAUBREUIL, *furieux.*

Monsieur !

(*Il va pour se jeter sur Maurice. Beauséant paraît.*)

BEAUSÉANT, *à Maubreuil.*

Voici M. Paul de Chennevières.

MAURICE, *bas à Maubreuil.*

Voilà votre fils, monsieur ; je vous laisse avec lui ; mais j'attends ici près que vous lui ayez nommé son père pour venir lui apprendre à le connaître. (*Il entre dans la chambre voisine; un domestique introduit Edmond et Paul.*)

SCÈNE VI.

MAUBREUIL, BEAUSÉANT, PAUL, EDMOND.

PAUL.

Je viens me mettre à vos ordres, colonel... Je vous présente mon témoin... Le vôtre ?... (*Beauséant salue.*) Ah ! c'est ce monsieur !...

BEAUSÉANT, *offusqué, à part.*

Ce monsieur !...

PAUL, *à lui-même.*

Singulier choix !... Au fait... qui se ressemble...

MAUBREUIL, *avec colère.*

Monsieur !...

PAUL.

Quoi donc ?

MAUBREUIL, *à part se contenant.*

C'est mon fils ! (*Paul remonte. Maubreuil le contemple en silence.*)

EDMOND, *s'approchant de Beauséant qui est resté au second plan, lui dit à voix basse.*

Pour l'instant, nous ne sommes que témoins... notre rôle doit être passif...

BEAUSÉANT.

Sans doute, monsieur... très-passif...

EDMOND.

Mais un jour, nous nous retrouverons, je l'espère, et alors...

BEAUSÉANT.

C'est bien, monsieur, c'est bien. (*A part.*) Et voilà les affaires dans lesquelles me fourre ce diable de Maubreuil!

MAUBREUIL, *à part, regardant Paul.*

C'est mon fils !

PAUL, *redescendant.*

Colonel, j'ai eu l'honneur de me mettre à votre disposition ? Qu'attendez-vous donc pour partir ?...

MAUBREUIL, *sortant de sa rêverie.*

Pour partir ? Ah ! c'est juste... mais auparavant, je voudrais vous parler sans témoins...

PAUL, *riant.*

Sans témoins ?... c'est facile. Renvoyez donc le vôtre.

BEAUSÉANT, *à part.*

Renvoyez !... Ils sont très-malhonnêtes dans cette famille !

PAUL.

Quant à mon ami Edmond Roger que voici, vous serez libre de ne pas le considérer comme mon témoin ; mais comme mon ami, il peut entendre tout ce que vous me direz.

MAUBREUIL.

Soit !... (*Bas à Beauséant.*) Retire-toi, je te prie, un instant.

BEAUSÉANT.

Comment ! encore !

MAUBREUIL.

Il le faut... Tu ne rentreras ici que lorsque tu auras vu sortir ce jeune homme...

BEAUSÉANT.

Sortir !... vous ne vous battrez donc pas ?

MAUBREUIL.

Non... fais ce que je te dis. (*Beauséant sort.*)

SCÈNE VII.

MAUBREUIL, PAUL, EDMOND.

PAUL.

Eh bien ! nous sommes seuls...

MAUBREUIL, *à part.*

A moi tout mon courage.

PAUL.

Qu'avez-vous à me dire?

MAUBREUIL.

Monsieur, je vais vous tenir un langage qui vous surprendra bien... Croyez, en l'entendant, qu'une dure loi me force d'agir ainsi... et de me conduire envers vous... comme je ne me conduirais envers personne, je vous le jure.

PAUL.

Que signifie, colonel?

MAUBREUIL.

Cette rétractation que vous exigiez... un peu brutalement, convenez-en... cette rétractation que je refusais à vos violences... après avoir mieux réfléchi, je vous la fais ici de mon plein gré. Je vous demande pardon, monsieur, d'avoir laissé effleurer en mon nom la réputation sans tâche de madame de Chennovières... La colère m'a guidé, tantôt, dans ce bal, devant ce monde... je n'ai écouté que mon orgueil... j'ai eu tort, je le regrette... et je vous prie de vouloir bien accepter mes excuses.

EDMOND, *à part.*

Qu'entends-je là !...

PAUL.

A la bonne heure, colonel... mais je ne comprends pas pourquoi vous avez voulu que nous fussions seuls. Ces excuses ne sont qu'honorables pour vous... et tout le monde pouvait les entendre, il me semble... Je les reçois comme l'acte un peu tardif d'un galant homme. Hélas !... que n'avez-vous commencé par là ! nous n'en serions pas où nous voilà ! maintenant, quand vous voudrez que nous partions...

MAUBREUIL.

Partir !... pourquoi donc?

PAUL.

Eh ! parbleu ! pour nous battre.

MAUBREUIL.

Nous battre !... mais ne viens-je pas de vous faire mes excuses ?

PAUL, *stupéfait.*

Ah ! ça... j'ai mal compris sans doute !... auriez-vous oublié déjà l'outrage que je vous ai fait ? (*Geste de Maubreuil.*) Cet outrage, je vous le jure, j'en ai tous les regrets possibles... je donnerais tout au monde pour que les paroles que vous venez de me dire l'eussent prévenu... mais enfin, le mal est fait... il est irréparable... Marchons donc !

MAUBREUIL, *après un mouvement.*

Non, monsieur, je ne me battrai pas.

PAUL.

Est-ce possible !

MAUBREUIL.

Vous penserez de moi ce que vous voudrez : vous pourrez dire que le colonel de Maubreuil est un homme sans courage et sans honneur... mais ce combat ne peut avoir lieu... Je ne me battrai pas avec vous.

PAUL.

Je demeure stupéfait... je ne comprends rien à ce que j'entends... Quoi !... vous auriez reçu une insulte sans y répondre !...

MAUBREUIL, *avec effort.*

Oui... et maintenant, allez publier que je suis un lâche !... (*Avec éclat.*) Oh ! mais non... vous ne direz pas cela, car vous savez bien que vous mentiriez, n'est-ce pas ? car vous ne le penseriez point !...

PAUL.

Que voulez-vous donc que je pense? Votre conduite me confond... j'en rougis pour vous...

MAUBREUIL.

Eh bien, moi j'en suis fier, car je remporte sur moi-même une victoire dont je ne me croyais pas capable...Pensez-vous que le courage consiste seulement à exposer sa vie? mais cela, je l'ai fait mille fois... Non, monsieur, pour moi, le courage ne serait pas là... il est à entendre patiemment vos paroles, à voir sur votre visage ce sourire de dédain, à endurer sans une plainte, sans un murmure, le supplice qui me torture en ce moment.

PAUL.

Montrez donc ce courage à votre aise, colonel... Viens, Edmond, cette conclusion n'est pas celle que j'attendais. (*Il remonte.*)

MAUBREUIL.

Arrêtez... Avant de vous quitter, pour toujours sans doute, j'aurais besoin... je voudrais vous demander une grâce.

PAUL.

Une grâce !

MAUBREUIL, *avec émotion.*

Oui... je voudrais, avant de nous séparer... presser votre main dans la mienne... Dites : me refuserez-vous ce que je vous demande ?

PAUL, *froidement.*

Monsieur, de nos jours une poignée de mains s'accorde légèrement ; on est prodigue de ce témoignage comme du nom d'ami qui ne signifie plus rien et que l'on prostitue à tout le monde... Quant à moi, à tort ou à raison, je suis un peu puritain, je vous l'avoue... je respecte le nom d'ami et je m'en sers rarement... C'est ridicule, je veux bien ; mais ce ridicule est le mien, et ma main loyale, pure encore de toute souillure, n'a jamais touché que celles des gens qui m'inspirent de l'estime.

MAUBREUIL, *tristement.*

Ah ! jeune homme !... vous qui parliez de courage! vous ne serez point brave en m'insultant encore, car je vous pardonne d'avance, et vous n'obtiendrez pas que je vous réponde !

EDMOND, *qui a observé toute cette scène, s'approchant lentement de Paul et lui prenant la main.*

Paul, il y a ici une chose qui m'échappe comme à toi... La conduite du colonel a un motif que nous ignorons... Si cette conduite est inexplicable, pourquoi chercher à l'expliquer ? Ne crains-tu donc pas que ton jugement soit trop sévère ?... (*Il met la main de Paul dans celle de Maubreuil.*)

MAUBREUIL, *à Edmond.*

Merci, monsieur, merci !... (*A part, contemplant Paul.*) Mon fils !... c'est mon enfant !...

PAUL, *surpris, sans dureté.*

Qu'avez-vous donc ?...

MAUBREUIL *se contenant.*

Rien... ce n'est rien... (*A part.*) Ah ! que je souffre, mon Dieu ! Ne pouvoir lui dire : Je suis ton père !... ne pouvoir faire passer dans son cœur un peu de cette tendresse qui déborde du mien !...

PAUL.

Parlez, colonel... cette émotion...

MAUBREUIL, *lâchant sa main.*

Rien, vous dis-je ! (*A part.*) Oh ! qu'il parte, car mon secret m'échapperait... il m'étouffe !... (*Haut.*) Laissez-moi... Adieu... je n'ai plus rien à vous dire...

PAUL, *à Edmond en se retirant.*

C'est étrange !... A quel homme ai-je donc affaire ?...

EDMOND.

Paul, partons maintenant... Allons rassurer ta mère.

PAUL.

Ah ! tu as raison... oui, partons ! (*Saluant.*) Colonel...

MAUBREUIL.

Adieu... adieu... soyez heureux !

(*Edmond et Paul sortent. — Maubreuil reste absorbé, les yeux fixés sur la porte par laquelle Paul est parti. — La porte de gauche s'ouvre, Maurice paraît et regarde en silence Maubreuil qui lui tourne le dos.*)

SCÈNE VIII.

MAUBREUIL, MAURICE.

MAUBREUIL.

Oh ! mon cœur !... mon cœur !... tu ne t'es pas brisé !... (*Il se retourne et aperçoit Maurice. Se précipitant vers lui, avec éclat.*) Ah ! êtes-vous content, monsieur ?

MAURICE, *froidement.*

Oui.

MAUBREUIL.

Et maintenant, comprenez-vous que je vous hais, que vous êtes de trop sur la terre, que vous ne sortirez d'ici que mon assassin ou ma victime ?

MAURICE, *de même.*

Parfaitement.

MAUBREUIL, *prenant deux sabres et lui en donnant un.*

Tenez donc alors, malheureux !...

MAURICE, *tranquillement.*

Je n'étais pas venu pour autre chose.

(*Ils s'engagent. — La porte du fond s'ouvre, Beauséant entre épouvanté, et en même temps le rideau tombe.*)

ACTE V.

LA FAMILLE CHENNEVIÈRES.

Même décoration qu'au troisième acte.

SCÈNE Ire.

LA BARONNE, ÉLISE, MATHILDE.

(*Élise est assise à gauche sur une causeuse. — La baronne est près d'elle. — Mathilde à la fenêtre.*)

LA BARONNE, *à Élise.*

Toujours les yeux rouges, la mine défaite ! vous ne voulez donc pas m'entendre ? Je vous dis, chère amie, que le colonel ne sort pas précisément de Saint-Cyr, et qu'il accorde peu d'attention à de pareils enfantillages... Je l'ai vu cette nuit après le bal... il m'a promis que ça s'arrangerait... et c'est cette bonne nouvelle que je venais vous apporter... Eh bien ! remettez-vous... Maubreuil n'est pas féroce... Il se contentera des excuses de votre fils.

ÉLISE.

Des excuses ! à lui !...

LA BARONNE.

Mais oui ! Vous n'avez donc pas vu le jeune homme ? ou plutôt, il n'aura osé vous avouer...

ÉLISE.

Si, baronne, si... il m'a tout dit.

LA BARONNE.

Vous voyez donc bien que ce n'est pas grave... Un homme aussi sérieux que Maubreuil sait ce que c'est que la jeunesse, et ce n'est pas pour une dispute de cartes qu'il voudrait faire un éclat... car ce n'est qu'une dispute... il me l'a dit.

ÉLISE, *à part.*

Et elle l'a cru, elle !... elle n'est pas mère !

LA BARONNE.

Et puis, mon cher cousin a trop bonne envie d'être de vos amis pour vous faire de la peine... Ainsi, vous voilà tout à-fait hors d'inquiétude, n'est-ce pas ?

MATHILDE, *à la fenêtre, s'écriant.*

Ah ! maman, les voici !

ÉLISE.

Qui cela ?

MATHILDE.

Edmond et Paul. (*Élise se lève.*)

LA BARONNE.

Que vous disais-je ?

ÉLISE.

Ton père n'est pas avec eux ?

MATHILDE.

Non, maman.

SCÈNE II.

LES MÊMES, PAUL, EDMOND.

ÉLISE.

Paul, mon enfant, tout est fini, n'est-ce pas ?

PAUL.

Oui...

ÉLISE.

Merci, mon Dieu !... Enfin, je te revois, tu m'es rendu, tout est fini !... Eh bien ! Paul, tu ne m'embrasses pas ?

PAUL.

Ma mère...

ÉLISE.

Qu'as-tu donc ?

PAUL.

Rien, rien...

ÉLISE.

Tu me caches quelque chose... Oh ! tout n'est pas fini, comme tu me le disais, n'est-ce pas ?... c'est cela ! j'ai deviné. (*Paul rit amèrement.*)

EDMOND.

Non, madame, non... je vous jure !...

MATHILDE.

Comment cela s'est-il passé ?

EDMOND.

Tout naturellement et sans mon concours...

LA BARONNE.

En sorte que, comme je l'annonçais à votre mère, vous voilà réconcilié avec le colonel ?

PAUL.

Réconcilié... oui, madame...

ÉLISE.

Réconcilié !...

PAUL.

Sans doute... n'est-ce pas tout naturel ?... Je ne le connaissais pas, je l'ai insulté mortellement et nous voilà les meilleurs amis du monde... Rien de plus simple !...

ÉLISE, *à part.*

Que veut-il dire ?

EDMOND.

Paul, calme-toi... cette agitation...

PAUL.

Ah ! laissez-moi... j'ai besoin d'être seul... (*A part.*) Aussi bien ce doute me tue... Je veux en sortir à tout prix... (*Haut.*) Il faut que je parle à ma mère...

MATHILDE.

Nous le laissons. (*Elle emmène la baronne et Edmond.*)

SCÈNE III.

PAUL, ÉLISE.

ÉLISE, *à part.*

Que s'est-il donc passé, mon Dieu ?... (*Haut.*) Paul... jamais je ne t'ai vu ainsi avec moi... Comme tu me regardes !... Tiens, tu me fais peur !... Voyons, tu as quelque chose à me dire... parle vite, car, je te jure, cette incertitude est cruelle... Qu'y a-t-il donc ?... qu'as-tu à me dire ?

PAUL.

J'ai à vous demander l'explication de toutes ces choses que je ne comprends pas, de ce mystère où ma tête se perd.

ÉLISE.

Quel mystère ?...

PAUL.

Écoute, ma mère, et juge s'il n'y a pas de quoi me rendre fou... Hier, j'arrive d'Afrique, plein de bonheur et d'espoir, pour vous embrasser tous. Je te trouve, ainsi que Mathilde, bonne et tendre comme toujours... Je vais pour me jeter à cœur ouvert dans les bras de mon père, et je rencontre entre lui et moi une muraille de glace... ses bras me restent fermés... Mais pourtant un père donne sa tendresse à son enfant bien avant de lui donner son nom... Un fils!... on l'aime avant qu'il soit né, et le baptême ne vient qu'après... Pourquoi mon père ne m'aime-t-il pas?... voilà ce que j'ai à te demander!...

ÉLISE.

Mais Paul, tu te trompes!

PAUL.

Soit!... mais ce n'est pas là le plus inexplicable!... Le soir, je vais au bal... Dans ce bal, on t'insulte, je prends ta défense, et tu m'en fais reproche... Tu me dis... je m'en souviens, tu me dis cette nuit que ce duel est impie... Pourquoi?... Voilà ce que j'ai à te demander!

ÉLISE.

Mais je ne sais ce que tu veux dire... Cette nuit, j'étais folle... je croyais te perdre, je ne songeais qu'à te sauver, qu'à te retenir... et j'ai dû laisser échapper mille paroles qui, sans doute, n'avaient aucun sens...

PAUL.

Soit!... mais enfin ce propos infâme qu'on a tenu, tu ne t'en es pas révoltée... au contraire, tu parlais de l'étouffer, comme on étouffe une vérité...

ÉLISE.

Paul!...

PAUL.

Oh! pardon, pardon, ma mère. Vous savez si jamais j'ai manqué près de vous à ce respect, à cette adoration qu'un fils doit à sa mère... Mais aussi, ce n'est pas ton fils qui t'accuse, c'est toi, c'est ton silence, ce sont toutes ces hésitations!

ÉLISE, à part.

Que lui dire!...

PAUL.

Et quand à ce propos je réponds par un de ces outrages après lesquels tous les regrets, toutes les excuses sont inutiles, par un de ces outrages enfin pour lesquels une seule réparation est possible... cette réparation, je l'offre, et on me la refuse... L'homme que j'ai mortellement offensé, refuse de se battre avec moi!... Pourquoi?... pourquoi?... Je pense qu'il est fou, j'insiste, et il se contente de me répondre ces mots : « Allez dire partout, si vous le voulez, que le colonel de Maubreuil est un lâche!...» — Ah! si je pouvais le croire!... Mais non... en disant cela, son accent n'est pas celui d'un homme qui tremble... Et d'ailleurs!... trembler!... le colonel de Maubreuil est connu comme la bravoure, comme l'honneur même... Il fallait assurément qu'il eût un motif bien puissant, bien impérieux pour se conduire ainsi.... Mais, ce motif, je te le demande, car tu le sais sans doute, car toi seule peux me le dire! Tu te tais... tu ne me réponds pas?... Eh bien! moi aussi, je l'ai deviné... je vais te le dire...

ÉLISE.

Dieu!...

PAUL.

Le peu de mots qu'il m'a dit, étaient plus tendres, plus affectueux qu'aucune parole que m'ait jamais adressée... celui que l'on m'a toujours fait appeler mon père... Il me regardait avec un intérêt que jamais les regards de... mon père ne m'ont témoigné... et alors... oh! pardonne-moi, ma mère... mais alors je me suis demandé si ce nom que je porte, j'avais bien le droit de le porter?

ÉLISE, à part.

Ah! mon Dieu! vous êtes juste!... mais vous êtes bien sévère!.. ce châtiment me manquait... cette nouvelle torture, je ne l'avais pas prévue!...

PAUL.

Parle sans crainte, va, je suis préparé à tout. Crois-tu que je t'en aimerai moins? Non, va, non... tu seras toujours ma mère; mais au moins je ne mendierai plus près de ton mari un peu de cette tendresse qu'il ne veut pas m'accorder. (Maurice entre par le fond.) Je m'occuperai plus une place à laquelle je n'ai ...s droit. Paul... c'est un nom comme un autre... je pourrai peut-être l'illustrer!... Tu ne me réponds pas!... mais, dis-moi donc un mot! dis-moi donc que je suis fou, qu'il n'y a pas un mot de vrai dans tout cela!...

LES MÊMES, MAURICE.

(Il est entré un peu plus haut et a entendu les paroles précédentes.)

MAURICE, descendant.

A quel propos parlez-vous ainsi à votre mère?

ÉLISE.

Maurice!...

MAURICE.

Me répondrez-vous?

PAUL.

Monsieur...

MAURICE.

Pourquoi donc m'appelez-vous monsieur?

PAUL.

Ah! je ne sais plus, moi... parbleu! je vous appelle monsieur... parce que vous ne m'appelez pas votre fils!

MAURICE.

Que vous importe le mot, si je vous traite en fils?... Vous ai-je jamais donné le droit de douter de ma bonté pour vous? Depuis votre naissance, mes soins vous ont-ils jamais manqué? Ai-je jamais cessé de veiller sur vous de loin, si je ne pouvais le faire de près! Aujourd'hui encore, ne viens-je pas de me conduire envers vous comme un père?

PAUL.

Que voulez-vous dire?

MAURICE.

Je veux dire que tantôt, quand votre mère tremblait pour vous, moi aussi je tremblais, et qu'enfin je n'ai pu obtenir pour vous tant de clémence de la part de monsieur de Maubreuil, qu'en le décidant à changer d'adversaire.

PAUL.

Qu'entends-je!...

ÉLISE.

Ah! Maurice!... Maurice!... Voilà Paul, voilà celui que tu accuses d'indifférence!

PAUL, avec joie.

Est-il possible!... Ainsi, vous vous êtes battu pour moi!... ainsi, vous l'avouez, vous aussi, vous m'aimez, mon père!... (Il lui prend la main.)

MAURICE, avec un mouvement douloureux.

Prenez garde, Paul, vous me faites mal!

PAUL.

Blessé!

ÉLISE.

Vous êtes blessé!...

MAURICE.

Ce n'est rien... presque une égratignure...

PAUL, ivre de joie.

Ah! tout s'explique, à présent!... quand cette nuit, vous me demandiez l'heure de mon rendez-vous... c'était pour voir le colonel avant moi... et quand ce matin, monsieur de Maubreuil... qui sait si vous n'étiez par près de là, le forçant par votre présence à s'humilier ainsi!.. Je comprends tout maintenant... et j'ai osé... pardon, pardon, ma mère!... (Il se jette aux pieds de sa mère, lui baise les mains; Élise fait à Maurice un geste de gratitude; Maurice lui fait signe de se taire. — Paul, se relevant, Oh! ma sœur... ma sœur! (Il sort pour aller rejoindre Mathilde, et la ramène, suivie d'Edmond et de la baronne.)

ÉLISE.

Maurice, jusqu'à ce jour, je vous ai aimé, honoré... d'aujourd'hui, je ne cesserai de vous bénir car vous avez mis le comble à ves bienfaits... Ah! oui, je sais que le passé est là, vivant, ineffaçable... je sais que vous ne l'oublierez jamais!... mais laissez-moi espérer, monsieur, que par mes soins, par mon dévouement de tous les instants, je parviendrai à vous paraître moins odieuse... Cette grâce, je vous la demande, à genoux... ne m'écrasez pas par votre clémence, en me refusant les moyens de la reconnaître!...

MAURICE très-ému, la relevant, à voix basse.

Relevez-vous donc, madame... votre fils nous regarde... il pourrait croire que vous avez besoin d'être pardonnée!

ÉLISE.

Ah!... Maurice, est-ce un rêve?

MAURICE.

Non... c'est le réveil, Élise.

UN VALET, *annonçant.*

Monsieur le vicomte de Beauséant !

PAUL.

Lui ici ! dans cette maison !... il ose !...

SCÈNE V.

LES MÊMES, BEAUSÉANT.

BEAUSÉANT, *pâle et défait.*

C'est le cœur pénétré de honte et de remords que j'ose me présenter ici et affronter les regards de tant de personnes que j'ai offensées... (*A Maurice.*) Hélas ! monsieur, vous serez clément pour moi, et votre courroux tombera quand vous saurez combien j'ai déjà payé cher ma conduite : elle me coûte la vie de mon meilleur ami.

PAUL.

Monsieur de Maubreuil...

BEAUSÉANT, *à Paul.*

Vient de rendre le dernier soupir...

LA BARONNE, *à part.*

Pauvre Georges !

BEAUSÉANT.

C'est sa volonté suprême que je remplis en venant ici, car il m'a chargé, en expirant, d'un message pour vous, monsieur, et d'un dépôt que je dois vous remettre.

PAUL.

A moi ?

BEAUSÉANT.

Et il a ajouté : Beauséant, toi seul es cause de tout ce qui arrive ; toi seul, par un propos, as jeté le trouble dans cette famille si heureuse ; toi seul as causé le mal, c'est à toi de le réparer... Après ma mort, monsieur de Chennevières va être séparé des siens...

ÉLISE.

Comment !...

MAURICE.

Sans doute, Élise... de nos jours, un homme ne meurt pas de mort violente, même dans un duel loyal, sans que la justice s'en inquiète.

BEAUSÉANT.

Eh bien ! m'a dit Maubreuil, je ne veux pas que monsieur de Chennevières soit inquiété ; je ne veux pas qu'il ait à me maudire jusqu'après ma mort. Jure-moi, Beauséant, jure-moi que par tous moyens possibles, tu sauras mettre monsieur de Chennevières à l'abri des conséquences de ce duel... Je jurai, et, comme tous les moyens possibles se réduisaient à un seul, c'est celui-là que j'ai choisi .. Après avoir fermé les yeux de mon ami, je suis allé me dénoncer moi-même comme adversaire, comme l'auteur de sa mort.

PAUL.

Vous, monsieur !

LA BARONNE, *lui donnant la main.*

Bien, monsieur de Beauséant !

MAURICE.

Mais, monsieur, vous n'avez pas compté que je me prêterais à ce mensonge ?

BEAUSÉANT.

Pourquoi donc ça, monsieur ?.songez donc que c'est la dernière volonté d'un mourant, et que la dernière volonté d'un mourant est sacrée... et puis d'ailleurs, vous avez des enfants, une famille qui vous aime, qui a besoin de vous... Moi, personne n'a besoin de moi, je suis sûr que personne ne se plaindra de mon absence... Allons, monsieur, laissez-moi accomplir le vœu de mon ami... Ce sera la première fois de ma vie que j'aurai été utile à quelqu'un... ne me faites pas perdre une si belle occasion de me réhabiliter un peu à mes propres yeux... là, c'est convenu... Et maintenant, il ne me reste plus qu'a remettre à ce jeune homme ce que Maubreuil mourant m'a confié pour lui...

PAUL.

Mais qu'est-ce donc, monsieur ?

BEAUSÉANT.

Tenez ! (*Il lui tend la croix de Maubreuil.*)

PAUL.

Sa croix !...

BEAUSÉANT.

Prie ce jeune homme, m'a dit Maubreuil, de porter sur sa poitrine... cette croix qu'il a voulu flétrir... Je suis heureux qu'elle soit restée pure, car je puis la lui donner en souvenir du pardon que je lui accorde... Tu lui diras, n'est-ce pas, que c'était la croix d'un brave homme qui eût voulu être son ami... Qu'il la porte !... c'est la seule réparation que je lui demande... Je ne sais ce qu'il allait ajouter, quand la voix lui manqua et... ce furent ses dernières paroles.

PAUL.

Oh ! je la porterai, je la porterai, monsieur. je vous le promets.

BEAUSÉANT.

Bien, monsieur... ma mission est finie... (*Il remonte.*)

PAUL, *à Maurice.*

Mon père, expliquez-moi cela... Je ne connaissais pas ce colonel ; à peine si je l'ai vu... et il me lègue sa croix en mourant... Dites-moi pourquoi cette étrangeté ? Dites-moi pourquoi, malgré moi, je ne puis m'empêcher de regretter l'issue de ce duel ?

MAURICE, *ému.*

Auriez-vous mieux aimé avoir à pleurer votre père ?

PAUL.

Oh ! mon père !...

MAURICE, *lui ouvrant les bras.*

Mon fils ! (*Paul s'y jette, ils restent longtemps embrassés.*)

ÉLISE, *avec un cri de joie.*

Ah !...

MAURICE, *tendant la main à Elise et à Mathilde.*

Mes enfants !... (*Tendant la main à Edmond par-dessus l'épaule de Paul, et les tenant tous groupés autour de lui.*) Tous mes enfants !...